MONTMARTRE

✠

LES
PAUVRES DU SACRÉ-CŒUR

PAR

Le P. JONQUET, O. M. I.

CHAPELAIN DU SACRÉ-CŒUR.

*Le mal qui nous travaille est de ceux qu'on
ne peut guérir qu'en y mettant tout son cœur.*

J. SIMON.

SEPTIÈME MILLE

BUREAUX DE LA BASILIQUE

31, RUE DE LA BARRE, 31

PARIS

PARIS. — IMPRIMERIE DEVALOIS,
AVENUE DU MAINE, 144.

MONTMARTRE

✝

LES PAUVRES DU SACRÉ-CŒUR

MONTMARTRE

✤

LES
PAUVRES DU SACRÉ-CŒUR

PAR

LE P. JONQUET, O. M. I.

CHAPELAIN DU SACRÉ-CŒUR.

*Le mal qui nous travaille est de ceux qu'on
ne peut guérir qu'en y mettant tout son cœur.*

J. SIMON.

BUREAUX DE LA BASILIQUE

31, RUE DE LA BARRE, 31

PARIS

MONTMARTRE

✣

LES PAUVRES DU SACRÉ-CŒUR

CHAPITRE I

LA SITUATION DES PAUVRES A PARIS

Paris n'est pas seulement le Paris riche, pimpant, frivole, viveur de la rue de Rivoli, du quartier Saint-Germain ou des Champs-Élysées; ce n'est pas seulement le Paris de l'employé et de l'ouvrier travailleur. Ceux-ci, tout en subissant les conséquences de la loi d'airain, suffisent aux exigences de leur famille.

Hélas! nous connaissons aussi le Paris désolé, misérable, affamé, sans logis, sans pain et sans feu. C'est cette population, véritable armée de pauvres et de souffrants, avide de revendications et de vengeance, qui se lève aux jours des sombres émeutes et qui forme un rempart de chair humaine aux meneurs du socialisme.

Le nombre de ces malheureux s'appelle légion! « La statistique, qui est une belle science, pourra vous donner des chiffres précis. Elle décomposera même au besoin le total en hommes, femmes, enfants, garçons, fillettes, bébés, etc. Ce que je puis vous dire, c'est qu'il y a certainement, au bas mot, quelque chose comme CENT MILLE individus[1]. Le comte d'Haussonville, dans son enquête, affirme qu'un dixième des habitants de Paris sont voués à l'indigence, au milieu d'une insolente prospérité. Ceux qui s'occupent spécialement de la noire misère pensent que ce n'est pas assez et ne craignent pas de porter à un vingtième le nombre de ceux qui se trouvent sans asile et sans pain. » Tous ces hommes ne sont pas également intéressants.

Nous ne nous occuperons pas de la femme dont la condition est peut-être plus épouvantable que celle de l'homme. Soumise aux faiblesses de son sexe, elle commence par l'abjection, et tombe bientôt dans l'extrême misère. On s'en amuse, et puis on la jette sur le pavé comme une orange gâtée. Horrible est sa situation, quand après une journée de courses inutiles et décevantes, elle voit descendre les ténèbres et n'a pas d'asile.

La charité a tourné vers elle des regards de pitié et même à Montmartre, livre sur ce point d'héroïques batailles. Notre action doit se borner aux hommes.

Nous pouvons classer les soixante ou soixante-dix mille vagabonds de Paris en trois grandes catégories : les *victimes*, les *amis de cette situation*, les *vicieux*.

Voici d'abord les *victimes*, victimes du chômage, de la maladie, de l'injustice, du caractère, de la fortune. Ce sont des provinciaux venus à Paris avec l'illusion de trouver je ne sais quel Eldorado, et qui ont dévoré leur petit pécule en battant les pavés à la recherche d'une place; ce sont les déséquilibrés chez qui l'intelligence n'est pas toujours servie par le jugement, le sens pratique, le caractère; ce sont des

1. *Paris horrible.*

hommes tout d'une pièce, très dignes d'ailleurs, mais qui, selon le mot de Saint-Simon, « n'ont jamais voulu se résigner à donner la main à qui ils auraient voulu donner le pied. » Ce sont des victimes d'une faute dont on se repent, mais trop tard ; ce sont des vieillards sans famille, abandonnés par la dispersion, l'ingratitude ou la mort de leurs enfants ; ce sont les déclassés, brevetés, bacheliers, licenciés, vaincus dans le combat de la vie, et bien près du désespoir qui mène au suicide ou au crime, etc., etc.

Le chômage et l'illusion des provinciaux sont cependant les deux grandes causes de cet abaissement.

Quelles horreurs le chômage amène après lui!... L'ouvrier qui ne gagne plus rien doit manger pourtant... Il vend ses meubles, puis ses habits ; bientôt on le chasse de cette maison dont il ne peut plus payer le loyer... Il erre le long des rues. Il faut qu'il mange!... Et alors!...

C'est encore l'illusion des cultivateurs ou des petits ouvriers de province. Paris leur est apparu, dans leurs rêves, comme une Californie où l'on pouvait puiser l'or à pleines mains. Ils sont venus, ont dépensé leurs économies, ont usé leurs habits, et il ne leur reste plus rien que l'écrasant abandon, la faim et le désespoir. On a pu dire que la misère de province dévorait l'aumône à Paris.

Ces hommes sont les plus malheureux, les plus nombreux, et les plus dignes de pitié. Leur vue serre le cœur. Leurs yeux ont pleuré, des rides douloureuses ont sillonné leur visage ; la faim, l'horrible faim courbe leur front, l'angoisse du cœur a blanchi leurs cheveux. Vous les reconnaîtrez à leur visage hâve, flétri, avec ce regard atone des vaincus de la vie.

Les causes de leur abaissement ne leur sont pas toujours imputables ; quelques-uns jouissent d'une belle intelligence. Le monde du travail leur est cependant fermé. Revêtus des

4

livrées de la misère, avec leurs habits en lambeaux, qu'ils ne se présentent nulle part : on ne les recevrait pas.

Ils souffrent le jour, ils souffrent plus encore la nuit.

A partir de minuit, la police les épouvante, et ils n'osent même se reposer sur un banc. Vous les rencontrerez partout, sur les boulevards, sur les places publiques, surtout dans les rues sombres et étroites. Ils semblent chercher l'ombre et le silence. Flagellés par tous les besoins, aiguillonnés par le froid, torturés par la faim, ils vont sans répit, rasant les murailles, craintifs, se retournant au moindre pas. Comme le Juif-Errant, ils marchent, marchent, marchent jusqu'à ce que, le jour venu, ils puissent aller se jeter sur un banc, où ils gisent plutôt qu'ils ne reposent. Ah ! non ! tous les forçats ne sont pas au bagne.

« Vous souvient-il, écrit M. le marquis de Ségur, de cette admirable apostrophe de la Mort au genre humain, dans un sermon de Bossuet : Implacable, elle ne lui laisse jamais un moment de repos : Marche ! — Je suis las, je voudrais m'asseoir, ne fût-ce qu'une minute. — Marche ! — Je suis altéré ; laisse-moi boire à ce ruisseau. — Marche ! — Permets-moi de cueillir cette fleur, de goûter ce fruit, d'essuyer la sueur de mon front à l'ombre de cet arbre. — Marche ! Marche ! Et ainsi toujours jusqu'à l'abîme final, jusqu'à la mort.

« Eh bien ! c'est l'histoire du *miséreux*, sous l'œil et la main de la police. Marche, ou je te suspecte ; circule, ou je t'empoigne. La circulation ou le Dépôt, c'est la consigne, c'est la loi.

« Devant cette alternative, les pauvres victimes choisissent la circulation. Ces infortunés marchent toutes les nuits, du soir au matin, jusqu'au lever du soleil. »

Le jour venu, exténués de fatigue, ils s'étendent où ils peuvent, dans un coin de rue, dans un carrefour, sur le banc de pierre de quelque hôtel, sur le banc de bois d'un square ou d'un boulevard, mendiant en cachette de quoi manger, trop déguenillés pour oser demander du travail. A la nuit, ils reprennent leur marche lente, douloureuse, effroyable, et cela dure jusqu'à l'heure où les jambes gonflées, les pieds saignants refusent leur service.

Si vous voulez voir ces malheureux, vous n'avez qu'à jeter, vers onze heures ou midi un regard sur les bancs des squares, à faire un . ur dans les salles d'attente des chemins de fer, dans les salles des pas-perdus, au Palais de Justice, au Tribunal de commerce, etc., en un mot dans tous les endroits où l'on peut être couvert et s'asseoir sans payer. Là, examinez tous ces gens à la figure inquiète, fatiguée, sans linge, mal vêtus, qui dorment maladivement, et comptez combien ils sont. Et pourtant, il n'y a là qu'une part des malheureux qui ont passé la nuit dehors et qui sont venus là se reposer de leurs fatigues.

Les *amis de leur situation* sont les vagabonds *ex professo*, des hommes ennemis du travail, de la gêne, et prêts à tous les sacrifices pour conserver leur liberté. Ils semblent se demander chaque matin ce qu'ils pourraient bien faire pour ne rien faire. Vous les rencontrerez sur le boulevard, déhanchés, sales, les habits en loques, le sourire satisfait, fumant d'ignobles mégots cueillis sur le trottoir, attendant l'heure de prendre part à la curée.

Ceux-ci ont la science de leur état.

Ils stationneront longtemps devant la porte des magasins où l'on distribue des bons de fourneaux.

Quand il pleut, ou durant l'hiver, ils entrent dans une église, se tiennent le plus près possible d'une bouche de calorifère, ou dorment derrière un pilier. Après les offices, ils iront s'asseoir dans une salle de l'Hôtel des Ventes, ou bien se rendront dans quelque réunion publique applaudir ou siffler, selon leur humeur. Pendant l'été, ils feront les lézards dans les squares, passeront leur journée sur les quais, regardant pêcher à la ligne, sur les ponts, s'amusant à cracher dans la Seine ou sur les bateaux qui passent.

Autrefois, les carrières d'Amérique leur donnaient asile la nuit; elles ont fait leur temps.

Les dessous des ponts, jadis très achalandés, sont abandonnés aussi, étant devenus autant de souricières, où les naïfs se font saisir comme s'ils le faisaient exprès.

Donc, on couche un peu partout, excepté dans un lit; dans les maisons en construction, dans les bateaux laissés seuls à l'amarre, sur la Seine, ou sur le canal, derrière les tas de fagots, dans les tuyaux de gaz déposés sur le bord des routes, dans les meules de foin de la banlieue, sur les bancs de pierre du Carrousel, dans les portes cochères très profondes où l'on est noyé dans l'obscurité, sur les talus des fortifications, dans les massifs des bois de Boulogne ou de Vincennes, dans les terrains vagues, etc., etc.

Un détail qui montre leur esprit inventif. Il y a aux Halles des cabinets publics ouverts la nuit. Six d'entre eux occupent les six compartiments. Les autres campent sur un banc et dorment à poings fermés. Les agents arrivent et leur demandent ce qu'ils font là. La réponse se devine : ils attendent que les cabinets soient libres ; ils se plaignent même vivement de l'ennui de poser sur un banc. Les agents vérifient ; en effet, tout est occupé. Dupe ou non du stratagème, il faut se rendre à l'évidence. Il va sans dire qu'on se relève pour la corvée [1] !

Dans cette catégorie, nous placerons volontiers le voyou de Paris. Un boulevardier éminent en a tracé un portrait que Louis Veuillot a reproduit dans les *Odeurs de Paris*, et qui a la mordante précision d'une eau-forte.

---

1. Voir, *Paris horrible et original*, par Georges GRISON.

« C'est le gamin de Paris, l'enfant de la voie publique, le produit de la boue et du caillou. Laid comme Quasimodo, cruel comme Domitien, spirituel comme Voltaire, cynique comme Diogène, brave comme Jean-Bart, athée comme Lalande, — un monstre.

« On le nourrit de coups dans la bauge paternelle, — quelquefois aussi d'épluchures. Il est venu au monde sans qu'on voulût de lui, ni son père, un chiffonnier, ni sa mère, une *traînée* de la rue Mouffetard ; on ne l'a pas tué, parce que cette brutalité-là n'est pas autorisée, mais on a tout fait pour le laisser crever. S'il a crû, c'est comme un champignon vénéneux, dans l'humidité et dans l'obscurité. On ne lui a appris aucun métier, et il en connaît cinquante qui n'appartiennent à aucune des classifications officielles, et dont aucun ne mène ni au million, ni au bonheur, ni à la réputation, — à Clairvaux quelquefois. souvent même.

« Son père — quand il en a un à lui — le fait *décaniller* de bon matin, sans s'inquiéter des moyens qu'il emploiera pour déjeuner ou pour dîner. Pourquoi s'en inquiéterait-il, ce père, puisque son fils ne s'en inquiète pas? D'ailleurs, c'est bon pour les riches, de s'occuper des trois repas traditionnels de la journée ; les gueux ne mangent qu'une fois, — comme les chiens, — et les tas d'ordures sont la manne quotidienne que fait tomber des fenêtres, pour eux, dans le grand désert parisien, la Providence, toujours bonne mère.

« La rue est son domaine.

« A tous les habits qui passent à sa portée, il crie : Ohé! Ohé! Ne vous fâchez pas, il vous en cuirait : au lieu d'un voyou vous en auriez dix à vos trousses, et, à moins d'une intervention miraculeuse, vous deviendriez, pendant une heure, la proie de tous les polissons du quartier. Le voyou ne pouvant être boule-dogue se fait roquet ; et il aboie après tous les passants sans les mordre.

« ... C'est un roublard, cet enfant qui ne croit à rien ni à personne, ni à Dieu, ni au diable, et qui crache sur sa mère, parce qu'il a vu son père cracher sur elle? La patrie? des navets! L'honneur? de l'anis! La gloire? du vent! La famille? du flan! L'amour? des nèfles!

« Hélas! l'enfance, cette chose si sainte, voilà ce qu'elle devient à Paris!

« Le voyou est fumeur. Il aime ça, la pipe, parce que ça le fait cracher souvent, et qu'en crachant, il peut salir les paletots et les robes qui marchent devant lui. »

Voilà le gavroche de Paris,... fainéant, insolent, dépravé,... mais que voulez-vous? Les exemples qu'il a sous les yeux sont si jolis!

Il ne faut pas trop le poétiser. C'est la fleur du ruisseau, il en garde le parfum. Hélas! l'appréciation de Chateaubriand est plus vraie que jamais : « Singes laids et étiolés, libertins avant d'avoir le pouvoir de l'être, cruels et pervers, presque tous ces enfants abandonnés ou perdus, sont racolés par des vauriens habiles au vol, qui les initient à leurs débauches, les abrutissent d'absinthe, les dépravent et en font leurs « moucherons, » c'est-à-dire des sentinelles avancées, veillant à ce qu'ils ne soient pas surpris pendant l'exécution de leurs méfaits. »

Pauvre enfant! il ne grandira que pour les travaux forcés, peut-être pour l'échafaud.

Ne le croyez pas insaisissable! Cet enfant a souffert, sa vie est tout un martyrologe. N'ayant presque jamais trouvé de l'affection dans sa famille, il est sensible, plus qu'on ne saurait le croire, aux moindres témoignages de sympathie. La tendresse le pénètre et l'émeut. On peut encore redresser cette nature bossuée par le vice.

Il y a, dans Paris, près de deux mille enfants qui vivent à l'aventure, couchant sous les portes cochères, se faisant arrêter de temps en temps et recommençant au bout de quelques jours.

Que faire? Les condamner aux maisons de correction, aux établissements pénitentiaires, à la Petite-Roquette? C'est ce qu'on fait quelquefois. Quand ils sortent de là, leur éducation est complète, et la justice est bien certaine de les revoir.

Comment peut vivre ce peuple? Au moyen de trente petits métiers. Il ouvre les portières des voitures, il ramasse les bouts de cigares jetés par les fumeurs, il porte des fardeaux, il vend des fleurs, des allumettes, des lacets, du papier; il chante dans les cours des maisons, il écosse des pois aux Halles, il nettoie les balances, etc., etc. Il est aussi artiste dans la mendicité. Les uns sont *arcasineurs* (mendiants à domicile), les autres *ramastiqueurs* (mendiants de cour, qui ramassent), d'autres *tendeurs de demi-aune* (mendiants de rue). C'est une armée qui exploite le sentiment le plus pur du cœur humain, la charité, mais, qui, règle générale, ne fera pas le mal pour le mal. Sur le plan incliné du vagabondage, ces deux premières classes de pauvres versent naturellement dans la troisième.

La troisième catégorie est formée des *vicieux* proprement dits, qui roulent leur misère dans toutes les dégradations. Cette misère est le fruit du vice. Ces blasés deviennent des souteneurs et des voleurs sous toutes les formes, voleurs *à la tire*, voleurs *au poirrier*, voleurs à *la carouble, à l'emplâtre, à l'écornage, à la vrille, au raton, au flan, au rendez-moi, à l'Américaine, à l'étalage*, etc., etc. Je ne puis ni ne veux faire la description de ces vols les plus connus et les plus communément accomplis de nos jours. M. G. Macé, ancien chef de la sûreté, vous édifiera, si vous le désirez, dans son livre *Un joli monde*. Les vicieux sont tour à tour couverts de loques et de riches habits. Vous ne pourrez guère les discerner qu'à leur sourire abject, à leurs yeux brûlant de toutes les concupiscences, à leurs paroles provocantes et ignobles.

Comme les autres, ils sont dans la misère abjecte : car selon l'énergique expression de Franklin « un vice coûte plus cher à nourrir que deux enfants. »

C'est à dessein que nous n'avons dissimulé aucune laideur de ce milieu dégradant où la souillure morale et la souillure matérielle se confondent. On ne pourra pas nous accuser d'illusion et d'aveuglement. Nous répondrons plus loin aux objections faites contre notre apostolat.

La seule conclusion à tirer pour le moment, c'est que la condition de ces meurt-de-faim est horrible. Que ces hommes soient coupables ou non, dignes d'intérêt ou non, hideuse est leur misère.

L'habitant des campagnes, même le plus pauvre, ne connait pas cet atroce abandon. Presque toujours il a sa chaumière, son taudis, ouvert peut-être à tous les vents, enfumé peut-être, mais il est chez lui. Dans le dernier des villages, dans la dernière des fermes il trouvera un abri, du feu et du pain noir. Ce n'est pas la misère noire, désemparée, sans espérance où se traînent des milliers d'hommes dans la Ville-Lumière, et dont je ne veux dire pour le moment que ceci : c'est une honte publique, une maladie qu'il faut attaquer, soulager, essayer de faire disparaître.

Pour remédier à ce grand mal, qu'a fait la société ? Elle a établi des refuges, des soupes populaires, des restaurants à bon marché, des sociétes d'assistance par le travail, des hospices pour les vieillards, etc.

Elle coffre parfois les vagabonds. Mais si le pauvre est dénué de ressources, s'il désire du travail, ce n'est pas en prison qu'il peut en trouver, et s'il a le travail en horreur, ce n'est pas en prison qu'il en prendra le goût. Il se retrouvera au bout de quelques jours sur le pavé de Paris, exposé par ce seul fait à retomber dans le délit pour lequel il vient d'être incarcéré. On ne relâche les vagabonds que pour les arrêter à nouveau.

Un officier de paix avait été frappé, lors de son entrée en fonctions, du nombre de dormeurs qui passaient la nuit sur les bancs d'une promenade située au centre de son arrondissement. Un soir, il prit une douzaine d'agents, fit une râfle de tout cela, et envoya toute la fournée au dépôt.

Le surlendemain, il voulut montrer à quelqu'un le résultat de son expédition nocturne. A sa grande stupéfaction, il trouva les bancs au complet.

Il courut au poste, ramena des agents, cueillit tous les dormeurs... Il y retrouva les deux tiers de ceux qu'il avait arrêtés l'avant-veille !

Depuis, il ne les dérangea plus.

Les statistiques dressées par la préfecture de police établissent qu'on arrête ainsi annuellement de 13 à 14,000 vagabonds ; et puis ?

Mais si la société a fait quelques efforts pour soulager la pauvreté du corps, elle n'a rien fait pour la pauvreté de l'âme, rien pour remonter le moral de ces malheureux, rien pour rallumer dans le cœur cette flamme éteinte de l'espérance sans laquelle l'homme ressemble à une machine sans ressort et sans vapeur.

Seule la charité chrétienne a voulu et a pu remédier à cette immense lacune. Elle s'industrie à faire revenir des sourires sur les lèvres de ces malheureux, à mettre un peu d'espoir dans ces cœurs, et elle y réussit par « l'hospitalité de nuit, » par les « maisons de travail, » et par plusieurs autres œuvres de dévouement.

Maxime du Camp l'avouait en termes bien explicites dans

12

son incomparable livre *la Charité privée à Paris*, livre qu'on ne peut lire sans verser de bien bonnes larmes : « Ce que j'affirme, c'est que pour les nations comme pour l'homme, le spiritualisme, c'est la vie, et que le matérialisme, c'est la mort.

« Donner à l'âme une existence transitoire, la réduire aux luttes, aux déceptions de la vie actuelle, la faire périr en même temps que la matière qui l'enveloppe et qu'elle illumine, lui défendre d'espérer une récompense, lui interdire de redouter un châtiment, lui promettre le néant, la rendre inférieure aux molécules du monde physique qui se transforment et ne disparaissent jamais, c'est chasser de l'homme le souffle inspirateur et c'est le condamner à la bestialité. Qu'il me soit permis de croire que j'emporterai au-delà du tombeau la responsabilité de ma vie et de chercher à entrevoir les clartés éternelles. Lorsque le phare n'est pas allumé pendant la nuit, les vaisseaux font naufrage. »

Celui qui écrivait ces lignes n'avait pas la foi du Christ, mais, d'un cœur sincère, il a vu et il a dit les générosités qu'enfantent les âmes dont le Christ s'est emparé, et les transformations morales réalisées par cette charité. « Je n'ai pas la foi, s'écrie-t-il dans une de ses pages les plus émues, mais si je connaissais le chemin de Damas, je m'y traînerais à genoux. »

Le bien de l'intelligence, c'est la vérité. L'ignorance de Jésus-Christ, voilà la grande misère. Or la tête des malheureux dont nous parlons est vide : plus vide est leur cœur. Et quand ces hommes passent, par la gelée, grelottants, en lambeaux, sous les fenêtres où retentissent, autour des foyers pleins de flammes les éclats de rire des riches et des repus, croyez-vous qu'ils se résignent platoniquement à leur misère ?

Les uns, ceux qui ont eu une mère chrétienne, se posent des pourquoi révoltés qui montent comme un blasphème vers le ciel : « Pourquoi Dieu m'a-t-il fait vivre pour me torturer ainsi? Est-ce que je lui ai demandé de vivre, moi? Ne pouvait-il pas me rendre heureux comme tant d'autres? »

Les autres, ceux dont l'ignorance religieuse est absolue, se plaignent simplement d'avoir tiré un mauvais numéro dans la grande loterie de l'existence. Mais ne sera-t-il pas prêt à tout, ce pauvre dépouillé des biens matériels, dépouillé surtout des biens de l'âme, c'est-à-dire de la foi et de l'espérance divine, aiguillonné par les sauvages appétits, tourmenté par la cuisante envie aux dents cruelles, par la haine brûlante des grands, des riches, de tous les heureux? Ne trouvera-t-il pas que ce bonheur insulte à sa misère?

Ne nous étonnons pas si le pauvre, excité, exaspéré, retrousse ses manches, crispe ses poings, se jette dans le socialisme, se rue à la bataille, vole ou tue.

L'heure est proche peut-être, où nous l'entendrons hurler aux riches ce que des ouvriers belges criaient à leur patron dont ils incendiaient l'usine : « S'il n'y a rien au-delà de cette vie, pourquoi posséderais-tu des millions, et serions-nous dans la misère? Flambe et meurs! »

La misère à Paris! Voilà l'orage menaçant, gros de terreurs qui bientôt, demain peut-être, bouleversera la société humaine. Le flot gronde, et dans le ciel noir les nuages s'amoncellent.

Que faire? Dieu a ses secrets, la charité chrétienne est ingénieuse. C'est ce que vous apprendra le chapitre suivant.

CHAPITRE II

C'était vers la fin de 1891. Le magasin du Louvre fournissant une abondante provision de soupes aux Sœurs de Charité de la paroisse Saint-Germain l'Auxerrois, on la distribuait aux pauvres ménages du quartier. Le reste était partagé entre un grand nombre d'hommes que cette libéralité attirait de tous les coins de Paris. C'étaient des malheureux réduits à la dernière misère ; beaucoup avaient passé dehors la nuit glaciale. Une dame s'approcha, émue de compassion. Elle s'assit au milieu d'eux, et elle se mit à parler à ces pauvres faméliques. Pendant qu'ils vidaient avec avidité leurs écuelles, elle leur fit un vrai petit catéchisme, tout cousu d'histoires. Puis elle leur donna des petits pains. Chaque jour, de mieux en mieux accueillie, cette envoyée de Dieu continuait son œuvre de charité et d'apostolat. Elle fut bientôt aidée dans son ministère par des chrétiennes d'élite et par des hommes de foi et d'action dont le cœur était ouvert et les bras tendus à toutes les misères.

L'association des *Amis des Pauvres* était fondée. C'est sous ce titre tout rempli de la tendresse de Notre-Seigneur que se voilent ces âmes généreuses et vaillantes au bien.

Un dimanche, ces messieurs, à la suite d'un entretien, les

invitèrent à venir entendre la messe, et 70 répondirent à l'appel.

Quand le temps de Pâques approcha, plusieurs se préparaient déjà à accomplir leurs devoirs, quand des circonstances imprévues vinrent anéantir ces belles espérances.

Tout sembla perdu… Néanmoins, les *Amis des pauvres* ne perdirent pas courage, et quelque temps après 200, 400, puis 500 pauvres se réunirent dans une autre église, pour y entendre la messe. De nouveau, par une épreuve que Dieu permit, ces réunions furent dissoutes.

Enfin, le 1er janvier 1893, Dieu redonnait une église aux *Amis des pauvres*. L'œuvre fut transportée, avec l'agrément de S. Ém. le cardinal archevêque, dans la chapelle de Saint-Julien le Pauvre, annexe des anciens bâtiments de l'Hôtel-Dieu, attribuée aux services religieux des Grecs catholiques.

L'œuvre prit son essor et l'année 1893 fut marquée par des accroissements rapides.

Au commencement du mois de juin 1894, un des grands amis des membres souffrants du Christ, M. Delehayes, dont le zèle dévorant est à rendre jaloux le cœur d'un prêtre, vint trouver le R. P. Lémius, supérieur des chapelains du Sacré-Cœur. « J'ai la pensée de conduire à Montmartre mes pauvres, » lui dit-il. Les connaissez-vous et voulez-vous les recevoir? Nos clients sont ceux que la société semble avoir rejetés de son sein; ils n'ont ni pain, ni vêtement, ni logement. Nous commençons à les apprivoiser, à les évangéliser. Vous les verrez : têtes de révolutionnaires, mais cœurs d'or! C'est entendu, à dimanche! Préparez-nous 500 places dans la crypte. »

Pour donner du pain à ces foules où les *Amis des pauvres* trouvaient-ils des ressources? Saint Antoine de Padoue était leur fournisseur. On sait comment le mouvement de ferveur pour le culte de saint Antoine, parti d'un modeste oratoire de Toulon, s'est étendu en un clin d'œil à travers la France.

Une jeune fille, sans relations, se recommande à saint Antoine, et dans une pièce obscure qui sert d'arrière-magasin, elle place une statue du saint et un tronc pour les pauvres. Les offrandes devaient se transformer en beau pain blanc, car disait Mlle Bouffier : « Le pain ainsi procuré aux pauvres et qui doit les réjouir peut-il être autre chose que du pain blanc. » Dans une première année, cette vaillante chrétienne put distribuer 13.988 kilos de pain.

Les *Amis des pauvres* à Paris avaient imité cet audacieux exemple, et le ciel avait prouvé, en les bénissant, que leur œuvre était selon le Cœur de Dieu.

Le R. P. Lémius s'attendrit à la pensée de recevoir ces naufragés de la vie, ces déshérités de la terre. Il a lui-même raconté, dans le *Bulletin du Vœu national*, l'émotion que lui causa cette manifestation de la charité, et nous sommes heureux de lui emprunter ce récit. On a la sensation qu'une page de l'Évangile se déroulait sous les yeux du bon Père.

« Le dimanche suivant, ils n'étaient pas seulement 500, mais près de 1.500 qui s'étaient donné rendez-vous. Vous les auriez vus gravissant par groupes la montagne, et vous auriez pu vous demander, à voir le regard inquiet des agents de police, ce qui allait advenir.

« Quand nous descendîmes dans la crypte, le R. P. Tirhard, des Eudistes, achevait une allocution toute débordante de la tendresse du Sacré-Cœur; et tout autour de la chapelle de Saint-Pierre, on voyait rangés en ordre, comme des enfants de la première communion, ces 1,500 pèlerins nouveaux aux vêtements usés avec lesquels ils avaient dû se coucher sur la terre nue pendant des années, à la barbe inculte, aux visages émaciés par les jeûnes forcés, à la chevelure en broussailles : sur la poitrine de chacun brillait un scapulaire rouge du Sacré-Cœur. Toutes ces têtes étaient attentives. On sentait que les paroles descendaient comme un baume au fond de ces âmes aigries par la souffrance. C'était une scène étrange, incomparable, et qui vous remuait profondément.

« La messe continue et le chef entonne un cantique. Il est superbe, le refrain qui s'échappe de toutes les poitrines et retentit sous les voûtes : « Je ne crains rien, je ne crains rien, Jésus est avec moi! » Oui, on sent que Jésus-Christ était avec ses chers pauvres par son amour.

« Quelques-uns vont le recevoir et font rêver de saint Labre. Ils s'avancent, une centaine, vers la Table sainte, un rayon de bonheur illumine ces fronts ravagés par la douleur. On voit des larmes rouler sur ces joues hâves et décolorées; et ces larmes semblent redire la suavité du « Jésus est avec moi. » Pendant ce temps, le *Magnificat* amène sur les lèvres ces paroles : « Dieu a déposé les puis-« sants et il a exalté les humbles. Les affamés, il les a « comblés de ses biens, et les riches, il les a renvoyés à vide. »

« La messe terminée, comment ne pas parler à ces plus doux amis du Sacré-Cœur. Nous l'avons fait avec un cœur bien ému. Nous leur avons dit le sens qu'il fallait attacher à ce pèlerinage, le plus beau qu'il nous ait été donné de contempler. C'est un témoignage d'amour à l'égard de celui qui a voulu être le plus pauvre des enfants des hommes, qui, pendant sa vie mortelle, a tant aimé les pauvres et qui a voulu sur la montagne annoncer aux pauvres leur bonheur : *Beati pauperes*. C'est ensuite un acte de reconnaissance pour ceux qui, avec tant de zèle, dépensent leur vie à leur faire du bien et qui ont pris pour titre : *les Amis des pauvres*. Enfin c'est un acte qui renoue avec Dieu les liens de la religion.

18

« Ces sentiments sont-ils les vôtres, mes chers amis, et voulez-vous les manifester hautement sous les voûtes du Vœu national?

« Ce ne fut qu'un cri : Oui, oui, nous le voulons!!

— Eh bien! debout! Pour témoigner au Sacré-Cœur de Jésus que vous reconnaissez sa tendresse pour vous, dites avec moi : *Vive Jésus-Christ!*

« Et trois fois, avec un enthousiasme croissant, le *Vive Jésus-Christ!* fait retentir la crypte et dilate le Cœur adorable de Jésus.

— Ces hommes, vos amis dévoués, ne veulent pas que vous pensiez à eux. Mais songez à la charité que Jésus-Christ leur communique, et cette charité qui doit sauver le monde, saluez-la comme votre suprême espérance.

« Et trois fois, ces pauvres en haillons acclament la *charité*.

— Et maintenant, il faut prendre un engagement. Si vous promettez sérieusement d'obéir à Dieu, à sa loi sainte, de ne jamais vous enrôler dans aucune secte antichrétienne, de respecter toujours, selon la loi divine, l'autorité, la propriété, dites avec moi : *Vive la religion !*

« Et trois fois, plus vibrants encore éclatent les cris de : *Vive la religion!*

« Comment Notre-Seigneur n'aurait-il pas béni ensuite ces âmes qui se redonnaient à Lui si franchement et lui rappelaient si bien les pauvres qui l'escortèrent en Judée et en Galilée?

« De la basilique, l'armée des malheureux se rendit à l'abri Saint-Joseph où, sous des tentes, le *pain de Saint-Antoine* leur fut servi. On eut soin d'y ajouter, pour la circonstance, une tranche de pâté. Saint Antoine ne fut pas oublié et l'action de grâces se termina par un *vivat* à ce grand *Ami des pauvres.* »

Le R. P. Lemius avait senti le souffle de la charité passer sur lui. Cette grande scène l'avait si profondément et si délicieusement remué et réjoui qu'il voulut proposer aux *Amis des pauvres* d'établir l'œuvre à Montmartre. Ceux-ci s'empressèrent d'accepter une proposition qui leur permettait de créer un nouveau centre, et dès le dimanche suivant, on se mit à l'œuvre. 800 pauvres répondirent à l'appel. Trois jours après ils étaient 1.200. A la fin du premier trimestre, 25.000 livres de pain avaient été distribuées, ce qui supposait au moins 25.000 présences. Le pain de Saint-Antoine était devenu aussi le pain du Sacré-Cœur.

Sur ces entrefaites, S. Em. le cardinal archevêque de Paris voyant, dans ce merveilleux mouvement, un signe des grandes miséricordes de Dieu, annonça son désir de présider lui-même la réunion du dimanche 4 novembre. Le R. P. Lemius voulut préparer cette visite par une grande retraite, et il annonça que, pendant huit jours, il prêcherait la mission des pauvres. Le lundi 27 octobre, il prononça son discours d'ouverture.

L'entrain fut merveilleux; le Sacré-Cœur exerçait son irrésistible attrait. Tous les soirs, de 1500 à 2000 hommes réunis dans la crypte priaient, chantaient des cantiques et écoutaient avec avidité la parole de Dieu qui était nouvelle pour beaucoup.

Le samedi soir, quatorze confesseurs recueillirent les fruits de la mission. Le clergé paroissial de Montmartre, M. le curé en tête, et plusieurs prêtres des environs prêtèrent leur concours.

La nuit qui précéda la communion fut entièrement consacrée à la prière. Tandis qu'une œuvre de jeunesse faisait l'adoration dans la basilique, 500 pauvres réunis dans la crypte, devant le Très Saint-Sacrement exposé, priaient, écoutaient les allocutions réitérées qui leur étaient faites.

Le lendemain, à 8 heures, quand Son Eminence fit son entrée solennelle dans la basilique, 3,000 pauvres remplissaient l'immense vaisseau. De toutes ces poitrines sortaient ces beaux cantiques que tous connaissent : *Goûtez, âmes ferventes... Vive Jésus! c'est le cri de mon âme!...* et surtout ce chant enthousiaste sorti du cœur de Mgr de Ségur : *Pitié, mon Dieu, c'est pour notre patrie...*

« Je ne sais, disait un journaliste de Paris, quelle atmosphère puissante de grandeur morale et de grâce divine me pénètre au plus profond du cœur! »

> Riches, heureux du jour, qu'endort la volupté,
> Voyez comme ils sont grands, les pauvres du bon Dieu.

Après l'Evangile, on vit monter en chaire un frère de saint Antoine, le R. P. Edouard, récollet. C'était une touchante idée que de choisir un pauvre volontaire pour parler de la pauvreté. Son allocution fut vraiment digne d'un fils de saint François : « Mes amis, leur disait-il, Jésus-Christ est votre modèle, votre Maître, votre Père, votre Providence. Je vous félicite de l'avoir cherché et de l'avoir trouvé. En lui seul vous trouverez un cœur qui vous aime. »

Plus de 800 de ces déshérités de la vie se rendirent à la table sainte; pour plusieurs d'entre eux, c'était le jour d'une première communion. Quand ils s'avancèrent à l'autel, en longues files déguenillées et recueillies, quand ils reçurent le pain des anges devenu la nourriture de leurs âmes, quelle humilité rayonnante dans leur attitude; quelles belles larmes sur leurs visages ravagés par la misère! quelle richesse de grâces dans cet abîme de pauvreté !

Les uns se frappaient la poitrine nue, faute de chemise ;
d'autres, faute de mouchoirs, s'efforçaient de refouler leurs
larmes avec leur poing fermé ou de les essuyer avec leurs
doigts. Vraiment le divin Rédempteur était aussi présent au
milieu d'eux qu'au milieu des malades et des pauvres de
Jérusalem. 70 d'entre eux reçurent le sacrement de confirmation des mains de Son Eminence. Une joie touchante
rayonnait sur ces visages flétris par la souffrance.

Puis ce fut l'acte de consécration prononcé du haut de la
chaire par le R. P. Lémius. Qu'on s'imagine trois mille voix
répondant avec force et redisant : « Nous vous adorons,
Seigneur Jésus!... Pardon, Seigneur Jésus!... Donnez-nous
notre pain quotidien!... Pour la France, Seigneur Jésus!... »
Ceux qui ont entendu ces vibrantes acclamations retentir
sous les voûtes du Sacré-Cœur ne les oublieront jamais.

Nous reproduisons ici cet acte de consécration, vrai
manuel des pauvres ; on ne le lira pas sans émotion :

ACTE DE CONSÉCRATION

DES PAUVRES AU SACRÉ-CŒUR

O Jésus, vous avez dit à la bienheureuse Marguerite-
Marie : « Les plus misérables seront les mieux reçus de
mon divin Cœur, » voici des milliers de pauvres de Paris qui
sont à vos pieds pour vous offrir leurs adorations, leurs
réparations, leurs serments d'amour et de fidélité, ainsi
que leurs ardentes supplications.

O Jésus, né dans une misérable crèche pour notre salut,
qui avez appelé de pauvres bergers pour vos premiers
adorateurs.

Les pauvres : Nous vous adorons, Seigneur Jésus !

O Jésus, qui dans votre fuite en Egypte, avez subi tant d'humiliations et de privations.

Les pauvres : Nous vous adorons, Seigneur Jésus!

O Jésus, qui souvent dans votre pauvre maison de Nazareth, avez dû manquer de pain.

Les pauvres : Nous vous adorons, Seigneur Jésus!

O Jésus, qui dans votre vie apostolique, n'avez pas eu une pierre pour reposer la tête.

Les pauvres : Nous vous adorons, Seigneur Jésus!

O Jésus qui êtes mort dépouillé, abandonné, insulté sur la croix.

Les pauvres : Nous vous adorons, Seigneur Jésus!

O Jésus, le plus pauvre de tous dans le saint tabernacle où vous avez voulu demeurer par tendresse pour nous.

Les pauvres : Nous vous adorons, Seigneur Jésus!

Nous aurions dû vous rendre amour pour amour. Hélas! nous avons passé notre vie à briser votre Cœur par nos infidélités ; comme l'enfant prodigue, nous sommes réduits à une extrême misère à cause de nos péchés; mais nous sommes rentrés en nous-mêmes, nous nous sommes levés et nous voici convertis, repentants et vous criant du fond de notre âme.

Tous les pauvres : Pardon, Seigneur Jésus!

De ne vous avoir pas aimé.

Les pauvres : Pardon, Seigneur Jésus!

De nos blasphèmes qui ont provoqué votre justice.

Les pauvres : Pardon, Seigneur Jésus!

De nos attentats contre le saint jour du dimanche, grande cause de nos malheurs.

Les pauvres : Pardon, Seigneur Jésus!

De nos excès et de nos désordres, qui plongent tant d'hommes dans la misère.

Les pauvres : Pardon, Seigneur Jésus!

Des convoitises insensées et des haines contre la Société.

Les pauvres : Pardon, Seigneur Jésus!

De l'éloignement de la Sainte Église, notre tendre mère, et de l'abandon de ses commandements.

Les pauvres : Pardon, Seigneur Jésus!

De l'oubli, du mépris cruel de votre sacrement d'amour.

Les pauvres : Pardon, Seigneur Jésus!

Vous aurez pitié de nous, ô Cœur Sacré de Jésus. Notre fidélité redira notre reconnaissance. Nous voulons aujourd'hui solennellement renouveler, dans cette église du *Vœu National*, les serments d'amour que nous vous avons faits au jour de notre première communion.

Tous les pauvres, la main levée : Je renonce à Satan, à ses pompes, à ses œuvres et aux sociétés secrètes, et je m'attache à Jésus-Christ pour toujours.

Et maintenant, entendez nos humbles supplications. Nous avons tant de besoins! Nous sommes si malheureux! On nous a dit que vous êtes la puissance et la bonté même. Seigneur, nous avons faim; donnez-nous notre pain quotidien.

Les pauvres : Donnez-nous notre pain quotidien !

Vous êtes le pain descendu du ciel; notre intelligence a faim de vérité.

Les pauvres : Donnez-nous notre pain quotidien !

Notre cœur a faim de justice et d'amour.

Les pauvres : Donnez-nous notre pain quotidien !

Vous avez préparé pour rassasier notre âme le banquet eucharistique.

Les pauvres : Donnez-nous notre pain quotidien!

Nous n'oublions pas que nous sommes les enfants de la France; nous l'aimons et nous voulons la sauver; et c'est pourquoi nous vous offrons nos faims et nos soifs.

Les pauvres : Pour la France, Seigneur Jésus!

24

Nos longues nuits sans abri.

Les pauvres : Pour la France, Seigneur Jésus!

Les désolations de nos familles sans feu et sans pain.

Les pauvres : Pour la France, Seigneur Jésus!

Toutes nos larmes, toutes nos épreuves, toutes nos maladies, toutes nos souffrances.

Les pauvres : Pour la France, Seigneur Jésus!

Avant de finir nous vous demandons vos abondantes bénédictions : Pour le Souverain Pontife Léon XIII, le Pape des ouvriers et des pauvres.

Les pauvres : Bénissez-le, Seigneur Jésus!

Pour le saint cardinal qui regarde les pauvres comme ses enfants de prédilection.

Les pauvres : Bénissez-le, Seigneur Jésus!

Pour tous nos bienfaiteurs dévoués, tous nos parents et tous nos amis.

Les pauvres : Bénissez-les, Seigneur Jésus!

Pour tous les pauvres de Paris et de la France.

Les pauvres : Bénissez-les, Seigneur Jésus!

Faites, ô Seigneur Jésus, que tous les pauvres se convertissent. Que ce pèlerinage solennel soit le gage de leur résurrection à la vie chrétienne par l'amour de votre divin Cœur!

Les pauvres : Ainsi soit-il!

A ce moment solennel, des larmes de joie étaient dans tous les yeux, et Mgr Richard n'était pas le dernier à en verser.

Les trois mille mendiants se rendirent ensuite à l'abri Saint-Joseph, où leur fut servie une réfection modeste, qui rappelait les vraies agapes.

Les *Amis des pauvres* qui avaient aidé les chapelains dans ce travail de la rénovation des âmes avec un dévouement et un désintéressement au-dessus de tout éloge, durent savourer, en ce jour, les plus suaves consolations. C'est à Saint-Julien-le-Pauvre qu'ils avaient jeté la semence. L'arbre transporté dans la basilique du *Vœu national* avait pris soudain un développement qui faisait l'admiration de Paris et de la France entière.

En présence des éléments précieux de zèle et de dévouement qui se manifestaient à Montmartre, ils crurent qu'ils pouvaient courir à de nouvelles conquêtes, et, en effet, réunirent bientôt 6 ou 700 miséreux à Saint-Julien-le-Pauvre.

Ils laissaient l'œuvre de Montmartre entre les mains des chapelains de la basilique. C'était une lourde charge, mais ceux-ci comptèrent sur la protection de celui qui aime tant les pauvres, les petits, et ils entreprirent résolument l'organisation d'une œuvre dont ils pouvaient entrevoir les immenses résultats pour la régénération de la société.

CHAPITRE III

L'ŒUVRE ET MONTMARTRE

Un orateur a dit : « Pour qu'une œuvre soit prospère, il faut qu'elle soit née à Montmartre ou qu'elle passe par Montmartre. »

De fait, presque toutes nos grandes œuvres catholiques honorent la sainte colline comme leur berceau ou doivent la saluer à l'aurore de leur fondation.

La Compagnie de Jésus, cette société qui nous a donné des légions de docteurs, d'apôtres et de saints, est fille de Montmartre.

Les Lazaristes, les Sulpiciens, les Oratoriens, les Eudistes, les Visitandines, etc., ces sociétés qui réalisent des merveilles d'apostolat, qui sont les gardiennes de l'esprit sacerdotal ou qui sont les paratonnerres de notre siècle, ne sont-elles pas filles de Montmartre?

A l'instar de toutes ces puissantes et glorieuses associations, l'Œuvre des pauvres est désormais intimement liée à l'histoire de Montmartre, et nous devons saluer dans cette providentielle coïncidence sa fécondité et ses gloires futures.

Que les pauvres sont bien à leur place dans un sanctuaire du Sacré-Cœur, c'est-à-dire voué à l'amour du Christ !

Notre-Seigneur n'a pas fait de réserve dans ce cri jailli de son cœur : *Venite ad me omnes*, venez tous à moi ! Nous nous trompons. Il a précisé sa pensée : « Venez à moi vous tous qui êtes affligés et je vous referai ! » N'a-t-il pas affirmé qu'il était envoyé par son Père pour évangéliser les pauvres : *Evangelizare pauperibus misit me!* N'est-ce pas pour ces privilégiés de son cœur qu'il a fait cette promesse : « Je les consolerai dans toutes leurs peines. »

La bienheureuse Marguerite-Marie n'était qu'un écho du divin Maître quand elle disait : « Le cœur de Jésus est le trône de la miséricorde où les misérables sont les mieux accueillis. »

La beauté fascine, le génie éblouit, le cœur attire. C'est dans la nature des choses. Selon l'expression d'un homme politique « le mal qui nous travaille est de ceux qu'on ne peut guérir qu'en y mettant tout son cœur. » Et sans doute M. Jules Simon a raison. Il ne fait que rééditer la belle pensée de Lacordaire : « Si je dis à quelqu'un, je vous estime, c'est bien ; si je lui dis que je l'honore, c'est beaucoup ; si je lui dis que je l'aime, j'ai tout dit. » Pour bien parler au peuple, pour avoir de l'influence sur lui, il faut l'aimer.

Mais ce n'est pas assez. Il faut accorder nos idées, nos affections, nos actes, avec les idées, les affections et les actes de Celui qui a « eu pitié du peuple, » qui est mort pour le peuple et qui a laissé tomber de son cœur ces belles paroles : *Allez, évangélisez les pauvres. — Venez à moi, vous qui êtes dans la peine. — J'ai compassion des foules.* »

Pour résoudre le difficile problème, notre pauvre cœur ne suffit pas, il faut le cœur de Dieu.

Les pauvres sont émus quand on leur dit qu'ils sont l'objet de la prédilection de Jésus, et ils deviennent insatiables de sacrifices quand ils croient à cet amour. La vraie solution, Notre-Seigneur nous l'a donnée dans sa nouvelle et brûlante déclaration d'amour : Voilà le cœur qui a tant aimé les hommes !

Jusqu'à présent, il faut avoir le courage de le constater, la classe pauvre est restée trop à l'écart de ce grand mouvement qui entraîne la société chrétienne vers le Cœur de Jésus. Sans doute, depuis un quart de siècle, ce soleil levant du divin Cœur illumine les hautes cimes, c'est-à-dire les âmes les mieux initiées aux secrets de la piété chrétienne ; mais ses feux bienfaisants sont loin d'avoir pénétré, en rayons assez vifs, jusqu'au sein des vallées profondes où se meuvent, dans notre monde moderne, les multitudes, dans cette plèbe délaissée, qui fut la première famille du Christ. Quelle est la cause de cet éloignement ? Les pauvres ne pourraient-ils pas dire, comme le paralytique de l'Evangile : *Hominem non habeo !* Je n'ai pas d'homme pour me montrer l'entrée de la piscine salutaire du Sacré-Cœur, et pour m'y descendre !

C'est une grande erreur de croire que la dévotion au Sacré-Cœur est réservée aux chrétiens fervents ; elle est destinée à tous, surtout, oserons-nous dire, *aux pécheurs, qui trouveront dans le Sacré-Cœur un océan de miséricorde, et aux tièdes qui y trouveront la ferveur,* Saint Paul de la Croix disait : « Le sophisme a tellement perverti l'esprit de l'homme, qu'il faut s'adresser désormais à son cœur. » Les pauvres, les désespérés de la vie, les malheureux empoisonnés par les sophismes ont besoin du Christ : *solutio difficultatum Christus.*

Dieu a-t-il voulu, dès le début, jeter une empreinte caractéristique sur l'œuvre du Vœu national, œuvre de réconciliation avec le ciel et de paix avec les hommes ? Tous les promoteurs ont été les insignes serviteurs des pauvres. Presque tous étaient membres du conseil général des conférences de Saint-Vincent de Paul. Tous font songer à cette

parole de Bossuet qui, si souvent, hélas! a l'air d'un para-
doxe : « Quand Dieu forma le cœur de l'homme, il y mit
premièrement la bonté. » C'était M. Baudon, président général, qui avait fait de la charité une profession et la plus
occupée de toutes ; c'était le conseiller d'État, M. Cornudet,
fonctionnaire intègre, « indépendant devant le maître, humble
devant les pauvres ; » c'était M. Rohault de Fleury, le plus
Parisien des catholiques, et le plus catholique des Parisiens ;
c'était M. l'abbé Langénieux, vicaire général, premier pro-
tecteur ecclésiastique du Vœu national. Étant curé de Saint-
Ambroise, le futur prince de l'Église avait établi dans sa
paroisse, si populeuse et si pauvre, une œuvre analogue à
celle de Montmartre.

« Quand j'étais à Saint-Ambroise, disait Son Éminence
au supérieur des chapelains, nous réunissions toutes les
semaines les miséreux de la paroisse. Un prêtre leur parlait, et ensuite un laïque se faisait apôtre à son tour et adres-
sait à ces pauvres gens des paroles d'édification toutes fra-
ternelles. C'est un des meilleurs souvenirs de ma vie. Aussi
ai-je appris avec bonheur que ce mouvement se propageait,
et qu'à Montmartre il réunissait des milliers de ces pauvres
malheureux. » C'était surtout M. Legentil, qui eut excellemment l'intelligence du dénuement et de la détresse, qui sut
découvrir, dans la personne du pauvre, le grand mystère de
Jésus indigent et souffrant. On a pu le définir simplement
« un homme de bien. » Qu'on lise ses Méditations à l'usage
des membres des conférences de Saint-Vincent de Paul.
C'est un livre d'œuvre éminemment évangélique et pratique,
c'est un livre vrai, expérimenté, *vécu*, et qui prouve surabon-
damment la charité tendre et active de l'initiateur du Vœu
national pour ces « classes infortunées » vers lesquelles,
nous dit Léon XIII, « le Cœur de Jésus semble s'incliner
davantage. »

Et que dire du cardinal Guibert? L'amour des pauvres fut sa note caractéristique. Il les aima comme sa famille, et trouva toujours son bonheur à faire celui des autres.

Une des plus suaves jouissances du cardinal eut été de distribuer lui-même ses aumônes. Réservé et presque froid ailleurs, il s'épanouissait au milieu de ses pauvres; il savait trouver, pour leur parler, des paroles d'une douceur infinie qui gagnaient leur cœur pendant que ses mains soulageaient leur détresse.

Son Éminence ne renonça pas sans chagrin à ce charitable ministère. Il fallut qu'une déplaisante expérience vînt lui démontrer l'impossibilité de pratiquer à Paris ce qui n'avait pas présenté d'inconvénients à Viviers, un village, et à Tours, une ville pauvre en indigents.

Lors de la première ordination qu'il fit à Saint-Sulpice, Monseigneur avait trouvé à la porte du séminaire, en se retirant, une dizaine de malheureux, qu'il fit placer en rond, remettant à chacun une pièce blanche avec un mot de touchante compassion. La nouvelle circula vite dans le monde mendiant. A l'ordination suivante, il en vint plus de cent, et si empressés à toucher les pièces blanches, qu'il s'en suivit quelques bousculades : à telles enseignes que M. l'abbé Boiteux, saisi de l'esprit prophétique à la vue de ce désordre, ne put s'empêcher de murmurer à l'oreille d'un voisin : « Ça tournera mal. » Le cardinal tint bon cependant et ne permit pas qu'on prit aucune mesure pour entraver ces rassemblements qui augmentèrent d'ordination en ordination, jusqu'au jour où il se trouva assiégé au séminaire par toute une armée.

Ils étaient près de mille : ils tenaient le porche, les deux ailes du parterre, la place extérieure jusqu'à la fontaine monumentale. A peine a-t-il commencé la distribution, toutes les mains se tendent à la fois de droite, de gauche, on se précipite vers les pièces blanches. Des poussées formidables se produisent; on entend des plaintes et des cris. Le cardinal, serré de près, n'est plus libre de ses mouvements. Dans ce contact trop intime avec le populaire, la soutane rouge reçoit plus d'un accroc, et du rochet cardinalice il ne reste que des lambeaux. La prophétie de M. Boiteux s'accomplissait. Heureusement le bon supérieur, cette fois encore, se trouva là. Comme tous les voyants, M. Boiteux avait du coup d'œil. Saisissant l'instant psychologique, il commande au cocher Claude une habile manœuvre, grâce à laquelle Son Éminence fut débloquée. Elle rentre à l'archevêché, sa chère illusion définitivement détruite.

Faire du bien aux malheureux, fut, on peut le dire, une vraie passion pour lui. Ses visites aux vieillards des Petites-Sœurs des Pauvres sont demeurées légendaires.

Faut-il attribuer à sa prédilection marquée pour les pauvres l'incomparable discours qu'il prononça lors de la pose de la première pierre de la basilique du Vœu national ? Le vénéré cardinal n'avait-il pas la vision du magnifique mouvement qui devait se produire, quand, sur le sommet de Montmartre, en face de la grande ville, en présence des représentants du peuple et d'une foule immense, il s'écriait : Bienheureux les pauvres ! et qu'il commentait dans cette belle langue classique qui fut la sienne l'Évangile des Béatitudes ! N'avait-il pas comme une vision de l'avenir quand il disait : « Désormais, pour qui sait *puiser aux sources du Sauveur*, la souffrance est féconde, elle porte en elle la semence de la vie éternelle, et l'infortune même garde une certaine douceur, parce qu'elle a pour consolateur le cœur d'un Dieu. »

De quelle joie aurait battu le grand cœur du cardinal Guibert s'il avait pu voir les foules déshéritées des biens de la vie et des biens de l'âme « s'approcher du cœur de Dieu, pour retrouver à ce contact la noblesse originelle et sentir de nouveau cette soif de vérité et de justice, que Dieu seul allume, et que seul il peut satisfaire. »

Comme le regretté cardinal Guibert, ses humbles frères en religion, les chapelains de la Basilique du Sacré-Cœur, ont pour devise : *Pauperes evangelizantur.* Ils ne pouvaient qu'accepter avec joie la belle mission qui leur était providentiellement offerte. Le fondateur de leur société, Mgr de Mazenod, évêque de Marseille, était désigné par le peuple sous le nom d'*évêque des pauvres*. Lui-même aimait à s'appeler le *Serviteur et le prêtre des pauvres*. Et ce n'était pas un vain mot. Il n'était entré dans la carrière ecclésiastique que pour se consacrer à l'évangélisation des malheureux. Devenu prêtre et évêque, il professa la plus grande estime pour ce que Bossuet appelait si bien « l'éminente dignité des pauvres dans l'Église, » et il brûlait du désir d'associer son apostolat à celui du Sauveur. Dans les constitutions laissées à ses enfants et approuvées par le Saint-Siège, il disait : « La fin de cette petite congrégation est que les prêtres qu'elle rassemble se dévouent spécialement à l'évangélisation des pauvres. »

La maîtresse œuvre des miséreux sans asile devait séduire le cœur et le zèle des enfants de Mgr de Mazenod et du cardinal Guibert. Ils n'ont pas voulu manquer à leur mission.

A l'encontre des exploiteurs qui regardent simplement le peuple comme un coursier dont il faut s'emparer pour galoper avec lui, les prêtres de Jésus-Christ vont aux multitudes non *pour s'en servir, mais pour les servir*.

« Les pauvres, disait le cardinal Manning, doivent s'approcher du prêtre, toujours et sans crainte, car le prêtre ne s'appartient pas, et chacun, *de par la charité même de Jésus-Christ dont il est la vivante image*, a un droit acquis sur lui et sur les services qu'il peut rendre. Être aimé par les pauvres, c'est pour nous le signe le plus sûr que nous ressemblons à notre divin Maître, c'est notre récompense. Lorsque le monde travaille dans l'ombre contre nous et nous dresse des embûches, nous trouvons un abri sûr au milieu de nos pauvres. »

La basilique du Vœu national ne sera pas seulement le sanctuaire des grands et des heureux du siècle. Au frontispice de la basilique, il y a une statue du Maître des riches et des pauvres qui étend ses bras comme pour presser les foules sur son cœur. Il est mort pour tous, pour ceux qui souffrent, comme pour ceux qui jouissent. Il voudrait sauver même ceux qui ne le veulent pas, et il semble dire comme autrefois sur les collines de la Judée : *Misereor super turbam,* j'ai pitié de cette multitude.

Oui, le Cœur du Maître a d'infinis trésors de miséricorde pour tous les malheureux, et quand il voit ses prêtres se faire les protecteurs affectueux de ceux qui souffrent, il les proclame ses amis, parce qu'ils réalisent ses plus chers désirs.

La basilique du Sacré-Cœur deviendra comme la basilique Vaticane : *Une grande ruche de pauvres.*

Mgr Gerbet dans son « Esquisse de Rome chrétienne » a écrit une belle page sur les mendiants de la Ville Éternelle et de la basilique de Saint-Pierre de Rome. Nous ne résistons pas au plaisir de la reproduire ici :

« *Une grande ruche de pauvres.* — La plus ancienne description où se dessine en traits bien marqués l'image de cette église (la basilique de Saint-Pierre de Rome) nous est fournie par un écrivain du ıv⁰ siècle, saint Paulin, dans une lettre à son ami Pammachius. Celui-ci ayant perdu sa femme, Pauline, fille de sainte Paule, lui avait fait des funérailles chrétiennement pompeuses : il avait donné, dans la basi-

34

lique Vaticane, un repas à tous les pauvres de Rome. Saint Paulin, écrivant pour le consoler, rappelle cette grande agape, et c'est à cette occasion qu'il parle de la basilique. En coordonnant ces paroles dans un certain ordre, on peut reconstruire le plan de ce vaste édifice.

« Nous voyons d'abord « *ces nourrissons de la divine* « *charité,* » comme il les appelle, se répandre à rangs pressés « sur l'escalier et dans l'atrium éclatant, là où la fontaine, à l'ombre d'un toit d'airain, fait jaillir ses eaux sous quatre colonnes qui ont une signification mystérieuse ; puis se rangent sous le vestibule par la porte royale qui brille au-dessous d'un fronton azuré ; de là dans les flancs de la basilique qui se développent sous un double rang de colonnes, et enfin dans la nef du milieu, si large, si longue, au fond de laquelle ceux qui entrent dans l'édifice voient reluire au loin le trône apostolique, dont la splendeur éblouit les yeux et réjouit les cœurs. »

« Il est glorieux pour cette basilique qu'au moment où elle se montre pour la première fois à nos regards dans une description un peu animée, elle nous apparaisse, suivant le langage de saint Paulin, comme une grande ruche de pauvres ; *l'histoire de son architecture commence avec celle de sa charité* [1]. »

Ne croit-on pas lire l'histoire de la Basilique du Sacré-Cœur, l'histoire de son architecture commençant « avec celle de sa charité » ? Elle n'est pas encore terminée, et déjà « les nourrissons de cette divine charité » envahissent ses flancs et son sein...

Qui ne connait le chef-d'œuvre de Raphaël ? Le grand peintre de la *Transfiguration* a groupé sur le même rang,

1. *Esquisse de Rome chrétienne,* par Mgr GERBET. Tome I, ch. IV, p. 297 et suiv. — Édition de René Haton, 1889.

au-dessous de la scène émouvante du Thabor, la foule des
pauvres et des malades, tout le triste cortège des infirmités
humaines. « En haut, la gloire ; en bas, la souffrance et la
misère. comme pour montrer qu'elles ont été transfigurées
avec le Christ, dans le Christ, et par le Christ[1]. »

Cette scène imposante se réalisera désormais sur le Thabor de Montmartre.

L'œuvre si grande, si opportune des pauvres sans asile et
sans pain est grande, opportune, elle est bien à sa place à
Montmartre. Il appartenait aux membres du comité du Vœu
national d'en être les tuteurs, aux chapelains d'en être les
apôtres, à la basilique du Sacré-Cœur d'en être la cité
sainte.

1. Mgr Freppel.

CHAPITRE IV

LA MARCHE DE L'ŒUVRE

La France entière avait appris avec une émotion profonde, les merveilles accomplies par le Sacré-Cœur. Entre l'insondable misère parisienne et l'inépuisable charité chrétienne, la lutte s'annonçait vive, acharnée.

L'œuvre était bien selon le Cœur de Dieu, car les secours lui venaient providentiellement.

C'était au mois de Janvier 1895, les chapelains, comprenant que le concours de quelques laïques chrétiens était nécessaire, avaient fait, en vue de l'obtenir, des prières spéciales.

Pendant ce temps, le Sacré-Cœur jetait dans quelques âmes de véritables inspirations. Une force invisible les tournait du côté de Montmartre ; et, ignorant encore les merveilles commencées sur la sainte colline, ces âmes éprouvaient le désir de se faire les instruments de la charité de Notre-Seigneur. Elles se demandaient sous quelle forme, elles pourraient exercer leur apostolat tout de dévouement. L'idée d'un dispensaire leur souriait, mais il fallait aller sur le théâtre même des divines bontés et consulter.

Or, M. le baron Gaston Chandon de Briailles, vint donc rendre visite au supérieur des chapelains. M. l'abbé Mollard, vicaire général de Châlons, n'était pas étranger à cette entrevue, et sa bienveillante médiation doit nous le faire regarder comme un des fondateurs de l'œuvre. Au moment où le baron Chandon arrivait sur la butte.... 1.800 pauvres réunis dans la crypte écoutaient recueillis les leçons du catéchisme. Le R. P. Lemius invita son illustre visiteur à jouir de ce spectacle.

La vue de tant de misère, le pressentiment d'une grande mission à remplir subjuguèrent le cœur du baron Chandon. Le 10 janvier, dans son premier discours aux pauvres, il rendait ainsi compte des sentiments qu'il avait éprouvés :

« Mes chers amis, dit-il, tout est miracle à Montmartre.

« C'est un miracle que cette basilique qui s'élève, magnifique monument du repentir et de l'amour de la France.

« C'est un miracle que la présence ici de tant de pauvres qui viennent chercher auprès du Sacré-Cœur force et courage.

« Ma présence aussi est un miracle... »

L'orateur explique comment il vint un jour à Montmartre, poussé par la Providence.

« Venez, me dit-on, venez voir les préférés du Sacré-Cœur.

« Je descendis dans la crypte, je vous vis prier, j'entendis vos chants... Que se passa-t-il en moi? Je ne sais. Mais vous m'avez conquis et je vous appartiens avec tout mon cœur...

« On m'a demandé de me dévouer à votre relèvement, me voici...

« A ce relèvement matériel et moral, au nom de Jésus-Christ, au nom de l'Eglise, unis aux chapelains de Montmartre, nous voulons travailler de toutes nos forces J'en dépose la promesse dans vos cœurs et dans le cœur sacré de Notre-Seigneur Jésus-Christ. »

Ce n'était pas une vaine promesse. Ce grand spectacle avait fait jaillir du cœur du baron la flamme qui y brûlait déjà. Il devenait, séance tenante, le président de l'œuvre des pauvres. Il donnait tout son cœur à l'œuvre, et quand le cœur est donné la main suit vite, et bien vite aussi l'on donne tout soi-même.

M. Jean Chandon de Briailles se plaça aussitôt à côté de son frère. Le premier acte du Comité naissant fut d'acquérir une maison sise à l'angle de la rue Lamarck et de la rue du Mont-Cenis, à l'ombre de la basilique du Sacré-Cœur.

Il sera toujours vrai de dire qu'auprès des grands monuments destinés à glorifier Dieu et son amour infini pour l'humanité, s'élèvent comme par enchantement des œuvres admirables, capables de soulager les grandes infortunes. A côté de Notre-Dame de Paris, on voit s'élever splendidement l'Hôtel-Dieu.

La maison choisie était une villa sans développement, simple et gaie, exempte de toute maussaderie officielle.

M. le comte de Schurchill, fut désigné pour remplir les fonctions de médecin et de chirurgien. Après avoir dépassé l'âge accoutumé des études spéciales, cet entêté du bien s'était résolument, longuement et consciencieusement appliqué à l'étude de la médecine, et il avait subi les épreuves du doctorat, uniquement dans le but de pouvoir se consacrer légalement et officiellement au soin des pauvres. Celui qui devant un tel dévouement n'éprouverait pas le frisson de l'enthousiasme n'aurait pas le sens de la charité. Que l'humilité du cher docteur nous pardonne; de tels exemples de dévouement ne doivent pas demeurer sous le boisseau.

Les pauvres apprirent bien vite le chemin de la maison qui s'ouvrait pour eux. Dès le premier jour, M. le comte de Schurchill trouvait devant la porte cinquante clients, c'est-à-dire cinquante éclopés qui attendaient avec impatience, et qui, depuis, n'ont cessé de se renouveler.

Les malades et les blessés pénètrent directement, sans

sonner, dans un gracieux jardin, et, de là, dans une salle d'attente, toute proprette, où ils trouvent des sièges. Puis chacun passe à son tour dans la salle de consultation, toute blanche et riante. Le docteur y attend le malade, l'examine avec soin et avec bonne grâce, puis rédige une ordonnance. Dans une autre salle, se trouve une sœur de l'Espérance[1], qui exécute le pansement prescrit ou délivre la potion commandée, le tout prestement, aimablement, et, bien entendu, sans aucune rétribution.

En d'autres siècles, alors que la vaillance, le dévouement et l'esprit de foi allaient de pair dans les ordres hospitaliers, on voyait les grands maîtres servir eux-mêmes les pauvres, dans la lourde orfèvrerie aux armes de l'Ordre. Aujourd'hui, les fioles à potion et les services du dispensaire de Montmartre ne sont point cerclés de vermeil, les cuvettes de l'opérateur sont en humble faïence ; mais c'est la même inspiration qui dirigea autrefois et qui dirige maintenant les bienfaiteurs des pauvres.

Dans le même local se trouvent un bureau de placement, un vestiaire, et une salle commune où les pauvres peuvent se réunir, lire, écrire, se reposer. Le syndic de l'œuvre, M. Martocq, est tous les jours à leur disposition. Les audiences sont incessantes. Le prêtre, à l'église, entend le récit des misères morales, l'ami écoute ici les gémissements de la misère matérielle. Au syndic se joignent tour à tour les bienfaiteurs de l'œuvre, messagers réconfortants, qui partagent les anxiétés, les luttes, les esclavages de nos pauvres, les injustices dont ils souffrent, les coups qui les frappent. Il n'est pas une de leurs causes qu'ils n'épousent, pas une de leurs misères dont ils ne soient atteints, pas une de leurs espérances qu'ils ne saluent avec joie.

1. Sainte Famille de Bordeaux.

40

C'est un spectacle touchant et profondément chrétien, de
voir l'élite, patentée, contrôlée des vieilles races, l'ordre
aristocratique par excellence, se mettre en contact immédiat
et direct avec les plus douloureux besoins, et choisir pour
les faire spécialement siens, les malades, c'est-à-dire les
plus éprouvés de cette miséreuse armée qui se recrute dans
tout Paris. Dans ces troupes d'affamés, de désemparés, qui
montent, plusieurs fois chaque semaine, à l'assaut de la colline du Sacré-Cœur, le dispensaire distingue et appelle
les plus à plaindre, ceux qui souffrent; il les panse,
les console, les guérit souvent. Il a droit aux sympathies de tous. Mais des chrétiens nombreux, admirables
de dévouement, accouraient pour aider les chapelains
et prodiguer leur zèle intelligent. Le développement de
l'œuvre appelait une organisation spéciale. Il fut décidé que
les apôtres du Sacré-Cœur (3e degré de l'archiconfrérie) qui
s'étaient occupés jusqu'à ce jour de l'organisation des pèle-
rinages et des adorations tant diurnes que nocturnes, s'occu-
peraient activement de la grande œuvre sociale des pauvres.
Un comité se développa sous la présidence de M. le baron
Gaston de Briailles, admirablement secondé par son frère,
M. Jean Chandon de Briailles, secrétaire général, M. Ruaudel,
trésorier, M. Delamarre, avocat, M. Clesse, directeur du
Cercle du Sacré-Cœur, M. Marchand, industriel de Paris,
et d'autres généreux chrétiens. Un règlement fut élaboré,
soumis à l'approbation du cardinal archevêque de Paris
qui permit de le mettre à l'essai.

Ce règlement est tout un programme ; nous le donnons à
l'appendice. Comme l'encyclique de Léon XIII, sur la *Condition des ouvriers*, c'est un baiser du ciel aux pauvres,
c'est l'embrassement pratique des classes extrêmes de la
société.

En voici les grandes lignes :

Les *apôtres du Sacré-Cœur*, confrères du 3ᵉ degré de l'archiconfrérie de Montmartre, désirant travailler au salut de la société par le Sacré-Cœur, s'engagent à promouvoir toutes les œuvres religieuses et sociales de Montmartre, en particulier l'œuvre des pauvres.

Ils devront travailler avant tout à leur propre perfection chrétienne, et ensuite se dévouer selon leurs loisirs, leurs aptitudes et sous la direction du comité central.

Les apôtres du Sacré-Cœur seront recrutés soit à Paris, soit en province, dans le clergé et parmi les laïques des deux sexes.

Enfin, les pauvres eux-mêmes peuvent faire partie de l'archiconfrérie : Ils exercent l'apostolat auprès de leurs camarades. Une réunion spéciale leur est assignée le mardi, pour entendre une instruction, et recevoir la bénédiction du Très Saint-Sacrement. Ils sont convoqués à l'adoration soit diurne, soit nocturne et prennent rang, revêtus d'un manteau spécial, dans la procession mensuelle du Très Saint-Sacrement.

Tous les vendredis, ils prennent part à l'adoration diurne et se succèdent d'heure en heure, huit par huit.

L'émotion fut grande, le dimanche 28 juillet, quand les fidèles virent gravissant l'escalier d'honneur conduisant de la crypte à l'église supérieure cent-vingt-cinq hommes, revêtus du manteau de la Confrérie, portant sur la poitrine, le Sacré-Cœur brodé sur la croix blanche. Ces moines d'un nouveau genre prirent place dans le chœur, et se joignirent ensuite à la procession du Très Saint-Sacrement, précédant immédiatement le clergé.

Si les fidèles furent édifiés, les pauvres furent profondément touchés. Après la cérémonie, on les voyait par groupes dans les rues échangeant leurs impressions joyeuses et émues. Comment ! eux, les dédaignés, les repoussés de la société, les voilà au premier rang, à la place d'honneur, dans une cérémonie publique, escortant d'aussi près le divin Sauveur !

Cette cérémonie se renouvelle tous les derniers dimanches du mois pour la plus grande gloire du Sacré-Cœur et pour la sanctification de ceux qui y participent.

Un détail qui ne manque pas de charmes ! Avant la cérémonie, les amis des pauvres avec une sorte de coquetterie, coupent les cheveux, et font même la barbe à ceux qui en ont besoin.

L'adoration nocturne présentait des difficultés assez con sidérables : il fallait un dortoir spécial, et des lits de camp pour les heures de repos, il fallait une nourriture assez substantielle pour permettre aux chers pauvres de soutenir les fatigues de la veille, et des hommes de bonne volonté pour présider aux prières à toutes les heures de la nuit.

La Providence toujours bonne pourvut à tout. Un vaste dortoir fut construit grâce à la générosité du comité du Vœu national ; MM. les adorateurs ordinaires se multiplièrent pour guider leurs amis les pauvres, et l'association des dames du Sacré-Cœur sut s'industrier pour leur préparer une petite réfection. Ces dames, en vraies apôtres du Sacré-Cœur, ont donné aux pauvres plus que leur aumône, elle leur ont donné leur temps, le travail de leurs bras, les paroles de leurs lèvres, l'amour de leur cœur. Elles se dépensent avec un zèle au-dessus de tout éloge, tantôt dans les réunions de l'église, tantôt dans des catéchismes supplémentaires pour ceux qui ne sont pas baptisés ou qui n'ont pas fait leur première communion, tantôt enfin dans la réfection qu'elles préparent le samedi soir à ceux qui doivent veiller devant le Très Saint-Sacrement. Leur ingénieuse charité sait parfois ajouter à la soupe traditionnelle quelques autres mets bien

simples, mais plus fortifiants et arrosés d'un verre de vin.
Comme elles sont heureuses alors! Elles se constituent les
servantes des pauvres, justement fières de ce beau titre. On
en voit même qui mènent avec elles leurs enfants afin de les
former à aimer Jésus-Christ dans les pauvres.

Que cette adoration est touchante, pleine de consolation
pour le Sacré Cœur de Jésus, riche d'espérance pour notre
cher pays!

Nul n'en peut être témoin sans que les larmes ne lui viennent aux yeux.

Voici le programme de ces nuits d'adoration :

« Tous les samedis soirs, une quarantaine de pauvres
gravissent la montagne. Ils font toilette, toilette de l'âme.
Nul n'est admis à ce privilège, désiré par beaucoup, s'il
n'est reconnu avoir au cœur des sentiments chrétiens, sérieusement éprouvés.

« Ils se confessent afin d'avoir sous leurs haillons un cœur
bien purifié, digne de veiller près du Roi très saint, et de
pouvoir, le lendemain, terminer leur garde nocturne, en
s'unissant à Celui qu'ils reconnaissent comme leur consolation et leur espoir.

« Vers neuf heures, les chers pauvres prennent ensemble
un frugal repas qui leur est servi, au nom du Sacré-Cœur et
grâce aux offrandes du *Pain de saint Antoine*.

« A dix heures, tandis que d'autres fidèles continuent leurs
adorations dans la basilique, les pauvres se rendent dans
la crypte et Notre-Seigneur paraît au milieu d'eux.

« L'adoration commence, elle se poursuit d'heure en heure
jusqu'au matin. »

Que se passe-t-il pendant ces nuits entre Jésus, le pauvre
de Bethléem et du Calvaire, et ces miséreux agenouillés à

ses pieds? Qui pourra le dire? O cœur de Jésus, qui avez tant aimé les privés des biens de ce monde, quels flots de tendresse vous devez répandre sur vos meilleurs amis! Vous devez vous ressouvenir avec allégresse de vos premiers adorateurs, les pauvres bergers de la grotte, et vous faites entendre des paroles fortifiantes à l'oreille de ces humbles priants! Oui, car leur front rayonne d'une douce joie, et sur votre adorable poitrine ils oublient leur misère.

Dans le temple national, les pauvres prient pour la France. Ils offrent comme rançon non pas des richesses matérielles, mais des souffrances, des larmes, des faims supportées, des nuits passées sans asile, les rebuts essuyés et cet avenir effroyable qui leur est réservé si la charité ne vient pas à leur secours. Ils cimentent de leurs angoisses ces pierres du monument national qui crie vers le ciel : « Pardon, salut ! »

Sous la forte impulsion de la nouvelle organisation, les réunions du jeudi et du dimanche sont devenues plus nombreuses que jamais. Deux fois par semaine nous pouvons compter plus de 2800 malheureux venant chercher à Montmartre le double pain matériel et spirituel.

Certes, il n'y a pas que des brebis dans ce troupeau humain. Tous ces hommes ne sont pas dignes d'un prix Montyon. Leur vue fait penser à ce que Maxime du Camp a écrit des gens qui fréquentent l'hospitalité de nuit.

« J'ai vu le rôdeur, « le cagou de vergne », le sacripant à longs cheveux gras et bouclés, baissant les yeux pour cacher l'inquiétude de son regard, vêtu d'une blouse où se dissimule le produit du vol, portant sous le bras un petit paquet bien ficelé qui laisserait peut-être échapper un « monseigneur » si on le déroulait, et tenant en main ce gourdin noueux que les réquisitoires appellent volontiers un instrument contendant; j'ai vu l'homme sauvage, qui n'a jamais eu de domicile, qui dort avec le bétail, couche sur la litière des chevaux, s'embusque dans les fossés pour détrousser les maraîchers endormis, et passe ses journées à flâner du côté d'Asnières ou de la Grande-Jatte, au long de la Seine, très capable d'y jeter un « pante » après l'avoir dépouillé, très capable de repêcher un baigneur qui se noie afin de toucher la prime de sauvetage. J'ai vu le Parisien âgé de seize à vingt ans, le voyou apte aux besognes interlopes, dangereux entre tous, adroit, menteur, fanfaron, sans préjugé ni scrupule, sachant ne reculer devant rien, ni devant le délit, ni devant le crime, pour s'approprier de quoi se vautrer dans les plaisirs crapuleux où il se délecte.

« En revanche, combien ai-je vu d'ouvriers, de courtiers, en librairie, d'employés, de commis de magasin, de domestiques brutalisés par la misère, par le chômage, par la malchance, etc. »

Nous n'appelons pas ces hommes pour les admirer, mais pour leur faire du bien.

Tous les dimanches, ils assistent à la sainte messe, dans la crypte, prient, chantent, écoutent une instruction.

Le jeudi, même affluence; et ce n'est pas sans émotion que l'on voit ces milliers d'hommes qui, semblables à de petits enfants écoutent l'explication du catéchisme, apprennent les demandes et les réponses, permettent qu'on les interroge pour qu'il soit bien sûr qu'ils ont compris, demandent eux-mêmes des explications.

Jusqu'à ce jour, leur grand catéchiste a été le R. P. Delpeuch, robuste comme un chêne, malgré ses soixante-neuf ans, aimant prodigieusement les pauvres, et doué d'une chaleur de générosité qui ne connaît ni découragement ni fatigue.

L'Œuvre compte à peine une année d'existence et elle a déjà reçu avec les bénédictions de Léon XIII, la visite de trois cardinaux et d'un grand nombre d'archevêques et évêques. Plusieurs de ces prélats ont versé des larmes à la vue de ces foules abandonnées, et n'ont pu s'empêcher de dire aux pauvres leur émotion et leur sympathie [1].

Presque toujours, les apôtres du Sacré-Cœur se font les collaborateurs des prêtres et trouvent dans leur propre cœur pour gagner les pauvres, d'irrésistibles allocutions.

Chaque malheureux reçoit à la sortie une livre de pain. Telle est l'œuvre des Pauvres de Montmartre.

Les résultats? Nous les dirons dans le chapitre suivant.

Ce ne fut pas une petite surprise pour Paris et pour la France, pour les catholiques eux-mêmes, que l'éclosion au grand jour de cette institution de charité, dont on ignorait même l'existence, et qui s'est révélée tout à coup par une des plus admirables et des plus touchantes manifestations de foi que notre temps ait vues.

Des lettres innombrables venues de tous les points de la France et même de l'étranger nous disent l'actualité et la popularité de l'œuvre.

---

[1]. Outre les prélats signalés dans le texte de l'opuscule, nous devons nommer : Son Eminence le Cardinal Lecot, archevêque de Bordeaux; Mgr Fulbert-Petit, archevêque de Besançon; Mgr Cotton, évêque de Valence; Mgr Mathieu, évêque d'Angers, dont le cœur fut tellement saisi qu'il voulut immédiatement établir une œuvre similaire dans sa ville épiscopale, etc., etc.

CHAPITRE V

Je ne fais que plonger la main dans la gerbe féconde de l'œuvre et y cueillir quelques épis d'or.

En moins d'une année plus de 200.000 livres de pain ont été distribuées.

Grâce au bureau de placement, plusieurs centaines de pauvres ont trouvé du travail et du bon. Et je ne tiens compte que des miséreux placés directement par l'œuvre.

Les renseignements précis donnés à plusieurs leur ont permis de se créer une situation. Les uns, réconfortés par la parole de Dieu, ont secoué leur torpeur, ont cherché courageusement, persévéramment et ont trouvé ; les autres, habillés à neuf ont pu enfin se présenter décemment, presque élégamment, et avec succès, dans un atelier ou dans un bureau. Tant il est vrai que la distinction et la propreté ne sont bien souvent que l'affaire d'une éponge et d'un peigne !

Indépendamment des habits envoyés de tous les points de la France, le vestiaire, en six mois, a coûté 1147 fr. 50.

Les services rendus aux pauvres sont de tous les instants et de toute nature.

Celui-ci a trouvé du travail, mais il doit attendre huit jours, quinze jours, un mois bien souvent pour toucher la première paie. Il faut cependant se loger, se nourrir. L'œuvre a résolu la difficulté pour beaucoup.

Celui-là, dès son arrivé à Paris, avait déposé sa malle dans un hôtel. Les quelques économies ont vite disparu ; des dettes ont été contractées. Une place se présente, mais la malheureuse malle contient les outils nécessaires au travail. On a payé les petites dettes.

Cet autre voulait monter un petit commerce (vente de fleurs, d'images, des quatre saisons). L'œuvre a eu l'audace de lui confier une petite avance de fonds, et jusqu'à ce jour les choix ont été justifiés par les événements.

Quinze malheureux ont été rapatriés dans leurs familles.

Les malades ont été soignés avec une affectueuse vénération. Que de maladies dont on ne peut extirper le germe en ces malheureux sans abri, que d'infirmités devant lesquelles se ferment impitoyablement les portes des hôpitaux, et qu'il faut traîner sans remède ni soulagement !

Qu'on me permette de citer quelques extraits du rapport du comte de Schurchill, rapport lu dans une réunion du comité, le 10 octobre 1895. On nous pardonnera les détails, car nous assistons à l'origine d'une œuvre et rien de plus intéressant qu'un berceau.

« Dans le semestre qui vient de s'écouler nous avons eu soixante séances, dans lesquelles se sont présentés quatre cent trente-cinq malades, dont huit ont été reçus à l'hôpital sur notre demande. »

Après avoir divisé les 435 malades en malades de chirurgie et en malades de médecine, et avoir indiqué la nature des remèdes employés, le docteur Schurchill ajoutait ce fait intéressant :

« Je veux mentionner trois guérisons véritablement extraordinaires, miraculeuses, obtenues par des malades du dispensaire que la charité avait envoyés à Lourdes pour invoquer la toute-puissance de la Vierge. Il s'agissait de deux cas de coxalgie congénitale et d'un ulcère rond de l'estomac diagnostiqué par M. le docteur Tison, de l'hôpital Saint-Joseph. Je crois que ces marques visibles de la faveur avec laquelle la Sainte Vierge regarde le dispensaire Saint-Jean feraient utilement l'objet d'une conférence aux pauvres de Montmartre. On pourrait leur montrer, en des termes dont la science ne serait pas exclue, combien est grand le pouvoir de Marie et quelles raisons nous avons tous de nous recommander à Elle. »

Ce sont surtout les pauvretés et les infirmités de l'âme que l'on se propose de soulager à Montmartre. Qu'est-ce qu'un morceau de pain ? Une goutte de sang bientôt épuisée. Seule la charité chrétienne peut mettre au cœur cette force immortelle qui s'appelle la grâce, la vertu, le courage de lutter contre l'épreuve et d'en triompher. Elle fait bien mieux que de découvrir des pépites d'or dans les sables, ou des perles dans les profondeurs de la mer, elle cherche des hommes dans le fumier de Paris.

Selon la juste et forte expression de Pascal, qui n'est qu'une parole de l'Évangile, nous voulons entrer dans l'âme du pauvre. En lui donnant du pain, nous ne faisons que suivre l'exemple du Divin Maître. N'a-t-il pas pris prétexte du pain matériel pour élever ses contemporains à la connaissance et au désir du Pain eucharistique ?

N'est-ce pas le souvenir du pain qu'il mangeait à la maison paternelle qui a provoqué dans le cœur de l'Enfant prodigue la pensée du retour et qui l'a sauvé ?

Voici quelques détails :

En six mois, 15 adultes ont reçu le baptême. Hélas, il ne manquent pas à Paris, ces pauvres enfants qui grandissent et arrivent à l'âge mûr, même à la vieillesse, sans avoir reçu sur leurs fronts l'eau sainte du baptême. *Habemus Indos in Italia*. « Nous avons des païens en Italie, » s'écriait saint Philippe de Néri. Nous pouvons de même affirmer qu'il y a des milliers de païens à Paris. Dans certains quartiers, plus d'un tiers des enfants ne sont pas présentés aux fonts baptismaux ! Attirer, parmi les pauvres, ceux qui n'ont jamais entendu parler de Dieu, les catéchiser, les amener sur le cœur de Jésus, qu'elle œuvre ! Et elle est facile : — « Mon père était athée, disait naguère un de ces hommes, je suis devenu moi-même anarchiste... Je n'avais jamais entendu parler de ce Jésus-Christ. Comme il est bon ! Je veux me mettre de sa société. » Et on pouvait l'éclairer, en faire un enfant de Dieu.

Dans le même laps de temps, 68 pauvres ont été préparés à la première communion, 71 à la confirmation.

Préciser le chiffre des confessions serait plus difficile. Chaque samedi, trente, quarante pauvres, touchés par la grâce, viennent dans le cœur du prêtre déposer le fardeau de longues années passées loin de Dieu. A la clôture des retraites qui leur sont données, ils s'avancent vers la Table sainte au nombre de 500 et même de 700.

La retraite de novembre 1895 prêchée par M. l'abbé Gayraud, missionnaire apostolique et clôturée par la parole et les bénédictions du cardinal Langénieux laissera une date dans les annales de l'œuvre.

L'inoubliable cérémonie du 10 novembre ! A huit heures, plus de 3000 pauvres se pressaient dans la basilique. Sur ces fronts hâves, ravagés par la souffrance et la faim, rayonnait cependant la joie du devoir accompli.

Son Éminence le cardinal Langénieux célébra la sainte messe, et après un éloquent *fervorino* de M. l'abbé Gayraud, distribua longtemps la sainte communion. Six cent cinquante pauvres vinrent recevoir le Dieu qui ennoblit, qui enrichit et qui console.

C'était un spectacle digne du ciel que celui de ces centaines de pauvres incertains de leur vie du jour, et qui, dans le ravissement d'une âme associée aux joies surnaturelles, allaient recevoir le pain eucharistique qu'on leur avait appris à estimer et à aimer plus que l'autre. Comme le disait Louis Veuillot, à l'occasion d'une procession dont il était le témoin en province, ce sont des simplicités, ou, si l'on veut, des sublimités à faire pleurer.

Le bon cardinal ne pouvait retenir son émotion et quand il parut en chaire, après la sainte messe ce fut un chant d'action de grâces qui jaillit de son cœur. « Quelle vision ! dit-il. Non jamais, dans ma vie déjà longue, je n'avais eu le bonheur d'assister à semblable fête ! C'est une des plus grandes grâces que Dieu m'ait accordées. Des hommes déshérités des biens de la terre, abandonnés de tous, et possédant cependant dans leur cœur la richesse infinie, Dieu lui-même ! »

Et, avec des larmes dans la voix, Son Éminence félicite le supérieur des chapelains, les membres du comité, « ces hommes qui descendent des sommets glorieux selon le monde jusqu'au pauvre pour le secourir, et le réconforter. »

« Je pars ce soir pour Rome, ajouta son Éminence, où je verrai le vénéré cardinal de Paris et le Souverain Pontife. Je leur dirai les grandes choses que je viens d'admirer. Leurs cœurs seront consolés et s'ouvriront à l'espérance. »

La plupart des chapelains de Montmartre ont consacré quelques années de leur vie dans l'exercice des missions à l'évangélisation des masses. Ils reconnaissent que les pauvres à Paris leur offrent une mission incessante et d'une incomparable fécondité. Ceux qui viennent se confesser n'ont droit à aucun privilège, on ne leur donne pas une bouchée de pain de plus qu'aux autres, mais la conversion est facile à ces humbles ; aucun obstacle ne semble s'opposer à la grâce : point d'attache aux richesses, point d'orgueil, et les passions ont trouvé la pauvreté comme une digue infranchissable.

« L'histoire de l'Enfant prodigue, écrit le R. P. Lemius, dans le Bulletin du Vœu national, revit là tout entière la plupart du temps. Ils ne le cachent pas, ces chers convertis. Ils avouent que, par leur faute, « ils ont dévoré une partie de leur substance, » la part de cet héritage que la Providence de Dieu et leurs familles leur avaient donnée ; que, par leur faute, ils sont tombés dans la misère ; que par leur faute, ils sont arrivés à désirer la misérable nourriture des êtres sans raison. Mais ils reviennent à eux ; comme le Prodigue. ils jettent le cri plein de confiance : « *Ibo ad Patrem !* J'irai à mon père ! » Et ils viennent.

« Regardez ! Voilà le prêtre qui représente Notre-Seigneur Jésus-Christ. A ses pieds... non, sur son cœur, — car nous les pressons avec tendresse sur notre cœur, — sur son cœur, l'Enfant prodigue en haillons pleurant de joie.

« Et nous aussi, nous pleurons de bonheur... »

Combien puisent dans le cœur de Jésus, lumière, force, espérance ! Un de ces malheureux écrivait naguère : « Depuis la retraite, ma situation n'a pas changé ; mais loin de murmurer contre la Providence, j'ai accepté courageusement mes épreuves et les ai offertes au Sacré-Cœur, en expiation de ma vie passée. »

Au lendemain de la première retraite, un des miséreux, au nom de ses camarades, écrivait au supérieur des chapelains :

« Après cette heureuse retraite et la plus heureuse journée de ma vie, dimanche 4 novembre 1894, j'ai pensé qu'il était de mon devoir de me faire l'interprète des trois mille hommes, bien nommés par vous, mon Père, les pauvres de Paris. Il me semble les voir encore une fois se grouper autour de ma plume pour témoigner leur reconnaissance et leur affection sincère au Père qui a bien voulu entreprendre la tâche de convertir un peuple repoussé, oublié de la société. Vous et vos lieutenants charitables vous nous avez bien démontré que nous avions retrouvé une famille qui ne nous repoussera jamais, un Père céleste, une Mère la Sainte Église. En pensant à nos devoirs religieux, nous oublierons certainement nos malheurs terrestres. Et tenez, mon Révérend Père, une preuve, la voici :

« Dimanche, en quittant l'église du Sacré-Cœur, je reprenais ma vie errante qui dure depuis trois années; le chagrin me saisit encore une fois, était-ce ma position qui en était la cause? Non, j'en suis certain. Sur les boulevards extérieurs une foule houleuse se promenait; la poussée des uns, la joie des autres me répugnaient.

« Moi, l'un des trois mille représentant les pauvres de Paris, je me suis éloigné de ceux qui la veille nous repoussaient avec dédain, et j'allai passer une heure et demie à l'église Saint-Bernard. Je n'ai donc trouvé la tranquillité qu'avec mon Dieu. C'est pourquoi je crois pouvoir dire que ceux qui se trouvent dans mon cas n'ont qu'à monter au Sacré-Cœur.

« Oublions, tout en les pardonnant, les femmes qui nous ont abandonnés, qui sont la cause première de notre situation, les enfants qui nous repoussent, qui, au lieu de nous tendre la main, nous chassent en nous maudissant.

« Quant à la société et à ceux qui devraient s'occuper des malheureux, pardonnez-leur, Seigneur, pardonnez-leur : ils n'ont pas de confiance en Dieu; ils ne savent ce qu'ils font.

« Nous formerons une société dont le temple du Sacré-

Cœur de Jésus sera le centre. Dieu en sera le président, vous en serez les ministres.

« Nous serons les députés de la misère, cela est vrai, nous représenterons la quantité des nécessiteux de la France entière, et notre cri sera : Vive la religion.

« Que Dieu nous aide! C'est notre espérance.

« Je termine, cher Révérend Père, en vous exprimant de tout cœur ma vive reconnaissance et je vous souhaite de longs jours pour soutenir notre cause. »

Lisez encore cette lettre simple et sincère :

« Ma réconciliation avec le bon Dieu m'a porté bonheur.

« Le bon Dieu vient de me faire connaître une place d'homme de peine dans un atelier.

« Il me serait impossible, mon bon Père, de vous dépeindre le bonheur que j'éprouve depuis ma communion ; il ne s'écoule pas une heure sans que je pense à Dieu et rien aujourd'hui ne me fera l'oublier.

« Je l'oublierai d'autant moins qu'il vient de faire un miracle pour me sauver en me faisant trouver cette place. »

Plusieurs de ces malheureux absolument désespérés, résolus à en finir avec la vie, reprennent courage et remontent la pente descendue.

Révoltés contre l'infortune, dégradés par la misère, ces hommes sont découragés, ils ont essayé des formes les plus diverses de l'assistance, ils ont demandé du travail, ils ont été repoussés. Quand ils ont tendu la main, les bourses et les cœurs se sont fermés. D'heure en heure, de déception en déception, ils ont senti monter de leur cœur un flot de haine contre leurs semblables et un suprême dégoût de la vie.

Un de ces hommes s'était procuré un revolver. C'en était trop ; il se proposait d'en finir avec la misère. Son cœur aveuglé n'apercevait pas les misères autrement terribles qui l'attendaient au delà. Un instinct secret, ou mieux la main miséricordieuse du Père des pauvres le conduit au Sacré-Cœur de Montmartre. Le courage lui revient avec la foi. En sortant il va jeter son revolver dans la Seine, remonte peu après au Sacré-Cœur, se confesse, retrouve force et travail, il est sauvé.

Un jeune homme a été retiré à demi-mort de la Seine, où il s'était jeté. Après l'avoir réconcilié avec Dieu et la société, on a pu lui procurer une modeste place. Il continue à venir prier et se montre fidèle chrétien.

Chose étrange! Est-ce parce que les anxiétés de la jeunesse, les injustices dont elle souffre sont nouvelles qu'elles constituent une meurtrissure plus accablante? Les jeunes gens succombent peut-être plus facilement que les vieillards à la tentation du suicide. La vieillesse a déjà l'habitude de la souffrance.

Un de ces jeunes gens avait déjà tenté deux fois de se noyer *pour ne pas voler*. Son énergie oscillait entre le besoin de vivre et l'horreur de vivre mal. Henri, c'était son nom, n'avait cependant que vingt ans, cet âge que les païens appelaient *læta juventus*, le printemps, la vie en fleurs.

Ayant inopinément trouvé du travail, il reprend courage et se procure un petit logement. Un jour, il rencontre un malheureux qui lui narre ses épreuves. Henri avait trop souffert pour ignorer la pitié; il partage sa chambrette, et donne l'hospitalité à ce vagabond. Le lendemain, le pensionnaire lui témoignait sa reconnaissance en s'enfermant dans la chambre avec de la société, en jetant à la porte le locataire, menacé d'un coup de couteau.

Pour comble de malheur, le pauvre garçon perd encore sa place, et le voilà sur le pavé de Paris, sans pain et sans feu. Cette fois c'en est fait, il veut mourir. et il se procure du poison, un sel de cuivre quelconque. Errant autour de la basilique, il la regarde machinalement. L'image de sa mère, de sa première communion passe devant ses yeux. Il se précipite dans l'église, tombe aux pieds du premier prêtre qu'il rencontre : « Vite, confessez-moi, parce que sans cela je me tuerai, je le sens. »

Aujourd'hui, rapproché de Dieu, fortifié et instruit par l'épreuve, il a pour ses anciens amis le zèle d'un apôtre et des trésors de tendresse. « J'ai trop souffert de l'injustice, dit-il, pour ne pas essayer de l'épargner aux autres. »

Le cœur du prêtre doit appartenir à toutes ces vies en souffrance. On ne saurait croire la puissance d'une bonne parole sur ces cœurs maltraités, irrités. Que de vagabonds ont été détournés de crimes imminents. Un de ces hommes disait un jour : « Quand je suis venu accidentellement à Montmartre, je venais pour me distraire, devant dans la soirée mettre à exécution un sinistre projet (et le malheureux me détaillait un crime abominable). J'étais surexcité, obsédé, inconscient, disait-il. Au sortir de la basilique j'étais calme, réfléchi, et la seule pensée de cette faute me faisait horreur. »

Le dirons-nous? Quelques-uns parmi ces hommes sont devenus des saints.

Certes, la pauvreté n'est pas ce que de certaines conceptions idylliques en ont fait. Elle est une couronne d'épines, mais tout dépend du front qui la porte. Les grandes vertus viennent du pays des grandes douleurs et des grandes tribulations. Les épreuves ont stimulé, éclairé, fortifié ces hommes. « Celui qui n'a pas souffert n'a pas réellement vécu, » disait Sainte-Beuve. C'est à grands coups de marteau et de ciseau que se dégrossit le bloc de marbre dont on veut faire une statue. L'homme ne se perfectionne pas autrement.

Nous connaissons des pauvres qui cherchent du travail, mais par devoir. Ils se sont attachés à leur pauvreté, à la manière de saint François d'Assise, et arrivent presque à l'aimer, comme on aime la beauté désolée d'un sol natal déshérité par la nature.

Nous connaissons un jeune homme que les amis des pauvres avaient sorti de la misère et préparé à la première communion. Il est aujourd'hui placé à l'autre extrémité de Paris, ce qui ne l'empêche pas de venir à Montmartre faire la nuit d'adoration du samedi au dimanche : « Je viens, dit-il, prier pour mes anciens camarades dont je comprends à présent toute la misère, et pour ces bons Pères et ces bons messieurs qui m'ont fait tant de bien. » Et comme autrefois la faim a tordu ses entrailles, il partage bien souvent avec ses camarades l'argent qu'il a gagné, et ce qui est encore mieux, il leur parle de Jésus-Christ, du bonheur de posséder la foi, de la puissance de la prière comme un apôtre le plus délicat et le plus zélé.

Les archives de l'Œuvre garderont des liasses de lettres semblables à celle qui suit :

« Vous m'avez vu suivre les prières du Sacré-Cœur... Dieu seul sait ce que j'ai souffert. Ah ! vous disiez de prier ! Je vous ai écouté et avec le plus grand des respects. J'ai fléchi les genoux et, dans ces moments de méditation où l'âme, détachée des choses d'ici-bas, voyage dans l'infini, j'ai puisé un espoir, un courage que j'étais loin de croire possible... Je ferai une retraite à la Trappe de*** qui est près d'ici. »

Qu'on ne s'étonne pas si l'Œuvre parfois n'a pas craint de diriger quelques pauvres vers les congrégations religieuses. L'action du Sacré-Cœur est quelquefois bien sensible.

Un pauvre jeune homme arrive de Redon : il se sentait la vocation ecclésiastique ; mais, devenu orphelin de père et de mère, il avait dû quitter le petit séminaire. Il avait espéré gagner sa vie à Paris dans quelque bureau. Comme tant d'autres, il n'y avait trouvé que le pavé. Il se mêla aux pauvres de Montmartre, et prit le pain qui devait l'empêcher de mourir de faim. Il ouvrit son âme candide à l'ami des pauvres. Deux jours après le pauvre enfant pleurait de bonheur et remerciait le Sacré-Cœur dans une école apostolique où il deviendra — nous l'espérons — un fervent missionnaire.

L'Œuvre des pauvres a fait ses preuves, elle est viable, utile; elle sera peut-être le point de départ d'une ère nouvelle, et marquera une date considérable, décisive, dans l'histoire de la bienfaisance.

CHAPITRE VI

On a fait des objections à l'œuvre des pauvres. Nous aurions tort de les éluder; brisons ces entraves.

On nous dit :

— « Vos miséreux sont très peu intéressants. Vous donnez une prime à la paresse. »

Ce qui revient à dire que les pauvres sont paresseux. Remarquons tout d'abord que si ce grief est fondé pour plusieurs, il ne l'est pas pour tous. Combien qui sollicitent du travail et n'en peuvent obtenir !

Nous n'avons voulu dissimuler aucune des misères morales dont sont affligés les pauvres qui nous intéressent. Ces malheureux n'ont pas le talent de gazer leurs vices. Mais est-ce une raison d'abandonner un frère parce qu'il est malade? Si saint François-Xavier, si le bienheureux Pierre Claver avaient perdu tout courage en présence des habitudes grossières, des mœurs basses, des passions d'instinct brut des Indiens, où seraient leurs conquêtes évangéliques?

Nos pauvres se complaisent dans un état d'abject désœuvrement ; raison de plus pour leur tendre la main et faire briller à leurs yeux les incomparables beautés de la foi et le travail d'un Dieu qu'ils ignorent.

La première conclusion à tirer de la paresse du pauvre, c'est qu'il faut nous efforcer de l'arracher à son oisiveté et aux vices qu'elle entraîne, et non nous en faire un prétexte pour excuser notre dureté à son égard; c'est encore qu'il faut bien faire la charité et non pas prendre le parti de ne plus la faire.

Pour pratiquer la vertu, un minimum de biens matériels est nécessaire. Léon XIII l'a déclaré après saint Thomas. La conscience de ce pauvre méprisé n'est-elle pas en quelque sorte atrophiée par la faim? Ce malheureux n'est-il pas exposé à tomber dans l'abrutissement, faute de sommeil? A-t-il le repos nécessaire pour descendre en lui-même, connaître son devoir, compter ses fautes, frapper sa poitrine? Et sa responsabilité n'est-elle pas au moins atténuée?

Oui, nous devons une immense indulgence à ces parias dont la faim et le froid tordent les entrailles, qui n'ont jamais le morceau de pain du jour suivant assuré, qui n'aperçoivent à l'horizon que l'horrible morgue, et dont le sens moral subit fatalement une dépression effrayante.

La charité chrétienne doit être large et ne pas demander aux malheureux qui se présentent un certificat de bonne conduite. Soulager la souffrance, atténuer le vice, voilà notre but. Si le malheureux qui se présente est un brave homme sans le sou et sans ouvrage, tant mieux! Si c'est une canaille, tant mieux encore! Nous aurons peut-être la bonne fortune de le convertir.

Saint Vincent de Paul ne comprenait pas autrement cette noble partie de notre mission sociale :

« Je ne dois pas, disait-il à ses prêtres, considérer les pauvres selon leur extérieur ni selon ce qui paraît à la portée de l'esprit. Tournez la médaille, et vous verrez, par les lumières de la foi, que le Fils de Dieu, qui a voulu être pauvre, nous est représenté par ces pauvres, qu'il n'avait presque pas la figure d'un homme en sa passion et qu'il passait pour fou dans l'esprit des Gentils, et pour pierre de scandale en celui des Juifs ; et avec tout cela, il se qualifie d'évangéliste des pauvres : *evangelizare pauperibus misit me*. O Dieu qu'il fait beau voir les pauvres considérés en Dieu, et dans l'estime que Jésus-Christ en a faite ! »

Auraient-ils le droit de flétrir les avilissements du pauvre, ceux qui, en une seule nuit, sacrifient l'honneur de leur famille, et quelquefois la fortune de leurs pères ?

— « Vos pauvres ne viennent que pour le morceau de pain ; supprimez-le, et vous parlerez devant des chaises vides. Vous n'êtes pas assez défiants et vous êtes trompés. »

Non ! le pauvre ne vient pas uniquement pour un morceau de pain, car durant le temps exigé par la réunion, il aurait pu gagner par un travail d'occasion, ou obtenir par la mendicité deux fois l'équivalent de ce qu'on peut lui donner.

Et quand il viendrait dans ce but, quand ses intentions seraient très vulgaires, quand il nous serait même hostile, nous ne devrions pas redouter à ce point de devenir victimes. Comment ! Voilà des hommes qui n'ont jamais peut-être mis le pied dans une église ! Sans la faim cruelle qui les torture, ils seraient allés à la mort sans jamais regarder le ciel ; ils auraient conservé dans le cœur la haine de tout ce que nous devons aimer et adorer ! Félicitons-nous d'avoir la bonne fortune de leur parler de Jésus-Christ.

Le pauvre est trompeur ! Mon Dieu ! il l'est comme le sont tous les hommes !

Il exagérera sa misère... Qui n'exagère pas ses souffrances?. . Il se dira meilleur qu'il n'est... N'aimons-nous pas à paraître meilleur que nous sommes? Il étalera ses vertus... Ne montrons-nous pas les nôtres? Il cachera de son mieux ses vices... Qui ne voile pas de son mieux les siens?

Dans un autre monde ne sommes-nous jamais trompés? Rien ne ressemble autant à un honnête homme qu'un voleur.

Faudrait-il priver ces innombrables malheureux d'un secours si nécessaire sous prétexte que quelques-uns peuvent en abuser?

Lisez ce joli trait raconté par Mgr l'évêque de Tournai :

« J'ai connu à Malines, quand j'étais jeune, un chanoine que les pauvres suivaient dans les rues et qui usait envers eux d'une générosité telle qu'elle semblait dépasser les bornes de la prudence. Un jour, je lui fis observer qu'on voyait parfois des pauvres auxquels il avait fait l'aumône entrer sous ses yeux au cabaret. — Eh bien, me répondit-il, un petit verre leur fait tant de plaisir ! — Mais, mon Père, ajoutai-je bonnement, ces pauvres abusent de la charité que vous leur faites. — Oh! mon cher, me répondit-il, si le bon Dieu ne nous faisait pas d'autres dons que ceux dont nous n'abusons pas, nous serions les plus pauvres des pauvres! »

— « Vous perdez votre temps et votre argent; le pauvre est ingrat. »

C'est là l'éternel prétexte de ceux qui ne veulent ouvrir ni leur cœur ni leur bourse. A cette objection voici ce que répondait le grand cardinal Pie : « Le pauvre est ingrat! C'est vrai quelquefois. Mais n'avons-nous pas beaucoup plus reçu de Dieu que le pauvre ne reçoit de nous? Hélas! et jusqu'où n'avons-nous pas poussé et ne poussons-nous pas chaque jour l'ingratitude et l'injustice envers ce bienfaiteur si généreux ! D'ailleurs, moins nous recueillerons de satisfactions humaines de nos bonnes œuvres, plus elles prendront le caractère surnaturel qui fait leur véritable fécondité. »

Nous pouvons trouver chez les pauvres quelques ingrats ; mais où n'en trouve-t-on pas ?

N'y en a-t-il pas dans la classe des riches, des savants, des artistes ? Nous retranchons-nous absolument de cette société parce qu'il y a dans ce monde-là des ingrats ! Faut-il dès lors se retrancher de la société du pauvre ?

Eh bien, non ! il est faux que le pauvre soit ingrat. Nul ne s'en est approché sans sentir battre ce qu'on a pu appeler « le cœur royal du pauvre. »

Relisez un des derniers rapports sur les prix de vertu, par M. Emile Ollivier. Rappelez-vous comment il débute :

« La plus noble et la plus sûre des sciences, dit-il, est la bonté. Parmi les favorisés des biens de la fortune, il en est, et beaucoup, qui la connaissent et qui la pratiquent.

« ... Cependant cette science semble plutôt le privilège d'une certaine pauvreté... Le pauvre, et c'est par là que sa vertu touche particulièrement, ne se contente pas d'ouvrir sa bicoque et de partager ses haillons, il se donne lui-même. »

Un des pauvres gagnant aujourd'hui honnêtement sa vie, grâce à l'aide que l'œuvre lui a donnée, apporte fidèlement au syndic 5 francs par mois pour prouver sa reconnaissance et pour soulager la misère. Il ne parle de ses bienfaiteurs que les larmes aux yeux.

Nous en connaissons un autre qui dépose chaque semaine 50 centimes dans le tronc de saint Antoine.

Est-ce de l'ingratitude ?

Il y a quelque temps, dans une rue du faubourg, une pauvre vieille infirme ne pouvant payer son terme était poussée dans la rue. Le propriétaire jetait en même temps sur le trottoir un matelas éventré, une chaise boiteuse et un paquet de hardes.

La pauvre vieille, secouée par ses sanglots, découragée, s'assit sur la première marche du perron, relevant son tablier pour sécher ses pleurs.

Un gros bourgeois s'approche, écoute ses plaintes, lui donne quelques paroles de consolation et s'en va.

Puis passe la foule fiévreuse jetant un regard distrait sur la malheureuse femme qui pleurait.

Un pauvre de Montmartre avait été témoin de cette scène, de la dureté du propriétaire, de la douleur de la vieille, de la charité banale du bourgeois, de l'indifférence de la foule.

« Courage ! la mère, s'écrie-t-il. Je suis aussi pauvre que vous, mais j'ai bon pied, bon œil, je trouverai peut-être du travail. Voilà toute ma fortune. »

Et il partit, laissant tomber une belle pièce de quarante sous dans le tablier de la vieille femme.

Voilà le cœur royal du pauvre.

Un rapatrié nous écrit :

« Je suis arrivé dans mon pays natal sain et sauf (il était parti à pied et se rendait à la frontière). J'ai été fort bien reçu par mon père, qui était au comble de la joie. Veuillez bien faire au Père supérieur mille remerciements, et dites-lui que je serai toujours reconnaissant de ses soins et des instructions qu'il nous faisait donner et qui m'ont rendu le plus heureux des hommes. Mes compliments à tous les *soldats* du

Sacré-Cœur. Je demande bien haut qu'ils prient pour moi, je prierai pour eux. »

Un autre, après l'expression de la plus vive reconnaissance, ajoute :

« Tout le monde a été vraiment trop bon pour moi. Je n'étais pas habitué à tant de *complaisance!* Je reconnais maintenant que le Parisien a bon cœur et aime à rendre service... Je recommande surtout à tous mes compagnons de bien prier le Sacré-Cœur. » En *post-scriptum* : « Je n'ai point le bonheur de faire l'adoration, comme je la faisais à Paris; mais je reste fidèle à la faire en particulier. »

Tel chapelain passant dans Paris à côté d'un atelier ou d'une usine, a vu des ouvriers se détacher ostensiblement d'un groupe, accourir vers lui, lui serrer les mains et lui dire :

« Père, vous ne me reconnaissez pas? C'est moi que vous avez confessé l'autre jour. Je ne viens plus aux réunions, car je travaille à présent, mais je dis mes prières, et je ne vous oublie pas, ni le bon Dieu non plus! »

Est-ce de l'ingratitude, tout cela?

Non! non! il est faux que le pauvre soit ingrat... Qu'il y ait des ingrats parmi eux, soit; mais la caractéristique générale du pauvre, c'est l'amour et la reconnaissance; un amour et une reconnaissance débordantes, parce qu'elle n'est pas gênée par le formalisme étriqué des conventions mondaines et qu'elle sort des lèvres telle qu'elle est dans l'âme.

Quand on s'approche de lui, on l'aime vite, et il aime vite lui aussi.

M. le marquis de Ségur a écrit une délicieuse bluette sur un de nos pauvres. Je ne résiste pas à la tentation de l'insérer ici.

« J'étais seul à rêver ou à travailler dans ma chambre. On frappe : c'était un petit coup discret, timide, honteux.

« Entrez? » Et je vois apparaître un pauvre garçon qui tenait à la fois de l'homme et de l'enfant. Petit, chétif, flottant dans un mauvais paletot trop large pour lui, il me parut d'abord avoir seize ans; mais à la tristesse de son regard, à la pâleur de ses traits tirés, à l'empreinte d'une souffrance déjà longue qui marquait son visage, je compris qu'il n'était pas au début de la vie.

« Qui êtes-vous, mon ami, et que me voulez-vous?

— Je suis un pauvre soldat réformé et voici un mot de l'aumônier de la garnison, qu'il m'a donné pour vous. »

La lettre, datée d'un de nos ports militaires et dont je reconnus la signature, se bornait à me recommander ce pauvre garçon comme très malheureux, très digne d'intérêt et bon chrétien.

Je le fis asseoir et l'entretien commença. Il avait vingt-deux ans, s'était engagé dans un régiment d'infanterie de marine, et, après dix-huit mois de service, il avait été réformé pour épilepsie.

Sa parole était lente, grave et, je ne sais pourquoi ni comment, avait quelque chose d'imposant. Il ne cherchait pas ses mots et il répondait à tout avec une simplicité, une réserve émouvantes.

« Êtes-vous de Paris?

— Oui, j'y suis né et j'y ai mes parents.

— Vous demeurez chez eux?

— Non, je ne le peux pas.

— Et pourquoi?

— Ils ne vivent pas ensemble. Mon père a quitté ma mère

depuis plusieurs années. C'est pour cela que je me suis engagé.

— Ne pouvez vous pas habiter avec l'un des deux?

— C'est impossible. Mon père ne vit pas seul.

— Et votre mère?

— Ma mère... non plus.

— Je comprends! Pauvre enfant! Vous n'avez pas d'autres parents?

— J'ai mon grand-père et ma grand'mère âgés tous deux de quatre-vingts ans. Ils sont concierges dans une petite maison et n'ont pour vivre que les 150 francs que rapporte leur loge. Ils m'aiment et je les aime; mais ils ne peuvent rien me donner, et ce serait à moi de les aider si je pouvais.

— Comment avez-vous connu l'aumônier militaire qui vous recommande?

— Des camarades m'ont mené chez lui, il m'a interrogé; je lui ai dit que je n'étais pas même baptisé. Il m'a consolé, instruit, préparé au baptême, puis à ma première communion. Grâce à lui, je suis chrétien, et je resterai chrétien toute ma vie. »

C'était bien l'accent de la vérité. Après un moment de silence j'ajoutai :

« Avez-vous fait connaître votre conversion à votre père?

— Oui.

— Et qu'a-t-il dit?

— Il m'a dit comme ça : Tu as plus de vingt-un ans, c'est ton affaire. Sors d'ici et ne remets plus les pieds chez moi. »

Tout cela était dit avec une gravité simple et impressionnante. Je me sentais ému de sympathie pour ce pauvre être infirme, abandonné et si calme dans son abandon. Il semblait n'avoir plus la force de s'émouvoir, et parlait de lui-même comme s'il se fût agi d'un autre.

Il fallait pourtant conclure.

« Qu'allez-vous faire maintenant, mon pauvre enfant ?

— Je n'en sais rien. J'ai découvert une petite chambre à 4 francs par semaine chez un marchand de vins de Plaisance. Je cherche du travail, mais je n'en trouve plus. Avec mes crises, qui voudrait de moi ? Je ne puis pourtant me résoudre à mendier dans la rue ; avec mon pantalon d'uniforme, ça serait trop fort. Dieu ne peut pas exiger ça de moi. Me jeter à l'eau, ça ne me ferait pas peur mais la Religion le défend, et je tiens à mon Paradis. Vous ne savez pas mon idée ! Si je ne trouve pas moyen de vivre, je m'étendrai sur mon lit, je m'enfermerai dans ma chambre, et j'attendrai la mort en priant. Cela, le bon Dieu ne peut le trouver mauvais, n'est-ce pas ? Quand on ne peut pas faire autrement ! »

Je le consolai de mon mieux, je lui donnai de quoi payer son petit logement et acheter du pain. Ce dernier article l'inquiétait peu. « Je me nourris de rien, me dit-il, ma maladie m'ôte la force de manger. Deux sous de lait avec une croûte de pain le matin, et une soupe le soir, c'est plus qu'il ne m'en faut. »

Il me quitta avec un mot d'introduction près du P. Lemius, la providence des *miséreux* de Montmartre et me promit de revenir me voir.

Je le revis en effet assez souvent depuis, et chaque fois, mon affection pour lui s'augmentait avec mon édification. Il y avait vraiment de la sainteté dans sa résignation. Il trouvait moyen de gagner quelques sous, en bricolant de côté et d'autre, en cherchant des chaises à rempailler, qu'il portait et reportait, comme un courtier de commerce. Tout son gain allait à sa grand'mère pour améliorer son ordinaire. Avec cela, la bonne vieille faisait chaque matin une soupe pour trois et ils en avaient jusqu'au soir.

Quant à son dîner, il s'en serait passé, si la charité de

son hôte ne s'en fût chargée. Chaque soir, quand le pauvre garçon, traînant la jambe, rentrait au logis, le digne homme l'accueillait invariablement par ces mots : « Vous avez froid et votre estomac est vide. Réchauffez-vous avec ça. » Et il lui présentait une grande assiettée de soupe fumante, mise à part à son intention. Éternelle obole de la veuve, deux fois sainte quand elle s'adresse à l'orphelin !

Ces braves gens ne se contentaient pas de lui donner la soupe ; ils lui donnaient leurs soins, le veillaient dans ses crises, l'entouraient d'affection, et peu à peu lui rendaient son père et sa mère.

De son côté, il les aimait de toute la force de son pauvre cœur, et s'était attaché d'une tendresse fraternelle à leur jeune fils, âgé de seize ans, malade de la poitrine, qu'il soignait le jour pendant que les parents travaillaient, qu'il veillait la nuit, pour les laisser dormir.

Un jour, après une absence de deux semaines, il arriva chez moi, le visage décomposé, et me dit en entrant : « C'est fini, il est mort ; nous l'avons conduit ce matin au cimetière, » et tombant sur une chaise, il se mit à pleurer.

Quand il fut un peu calmé, il me raconta que le pauvre enfant s'était éteint presque subitement sous ses yeux, entre ses bras.

« Il s'affaiblissait, je le voyais bien, mais ses parents ne voulaient pas y croire et, quand je parlais d'aller chercher un prêtre, ils disaient : « Non, non ! pas encore. C'est trop « tôt, cela lui ferait peur... » Je n'ai pas osé insister et il n'a pas reçu le bon Dieu. Mais il était si pieux, si résigné, si doux ! Pour sûr, il est dans le ciel. C'est le soir qu'il a passé. On ne s'y attendait pas. J'étais près de lui, je le veillais ; il avait l'air de dormir, mais je voyais remuer ses lèvres, et j'entendis qu'il faisait sa prière... Et puis, il a cessé de prier. Je l'ai appelé, il n'entendait plus ; je l'ai embrassé, il ne bougeait plus ; j'ai voulu l'éveiller, il ne dormait plus, il était mort. »

Je cherchai à consoler ce pauvre abandonné, privé de son seul ami ; je lui dis que, bien sûr, l'âme de son frère irait au ciel, puisqu'il était bon chrétien, et qu'il priait quand la mort l'avait surpris.

« Oh ! oui, n'est-ce pas ? reprit-il ; son dernier mot a été : Je vous salue Marie ; la Sainte Vierge l'a reçu au paradis. Et puis, votre crucifix, celui que vous m'avez donné pour mettre à mon lit, était là pour le bénir et le garder. Je le lui ai mis dans les mains, il y est resté jusqu'à l'ensevelissement. Oh ! pour sûr, il est avec le bon Dieu. »

Pour le distraire de son chagrin, je lui parlai d'autres choses et lui demandai ce qui lui restait encore de l'argent que je lui avais donné quinze jours avant, pour payer sa chambre et d'autres menues dépenses.

Il rougit un peu et me dit : « Il me reste trente sous. — Pas plus ! Et qu'as-tu fait du reste, mon enfant ? »

Il rougit encore et me répondit : « C'est que je lui ai acheté une couronne. Il lui fallait bien une couronne, à ce pauvre ami ! Il était si gentil ! Il m'aimait tant, et ses parents m'avaient fait tant de bien ! »

Je n'osai le gronder. Et puis que répondre à des raisons pareilles ? Je savais que c'est un usage universel dans les classes populaires, et que, même pour les plus pauvres, laisser partir le cercueil sans couronne, ce serait manquer à un devoir sacré envers le mort aimé qui s'en va à sa dernière demeure. Je n'insistai donc pas, et lui donnai mon absolution plénière.

« C'est que ce n'est pas tout, » reprit-il en baissant la tête ; et, répondant à mon regard surpris : « Oui, j'ai encore fait une dépense que vous n'aviez pas prévue. Mais, voyez-vous, c'était impossible autrement, et je suis sûr qu'à ma place, vous auriez fait comme moi. En sortant d'ici, avec votre argent dans ma poche, j'ai rencontré dans une rue de Plaisance une pauvre femme qui m'a fait pitié, et je lui ai donné quarante sous. — Quarante sous, à une inconnue, c'était trop, mon enfant. — Oh! si vous l'aviez vue, vous ne diriez pas ça. Elle avait l'air si malheureux, tête nue, grelottant de froid, tenant par la main deux petits enfants à moitié vêtus, qui pouvaient à peine se traîner. Je la suivis, elle entra chez un boulanger, et je vis, à ses gestes et à ceux de l'homme, qu'elle lui demandait un morceau de pain et qu'il refusait. Elle joignit les mains, lui parla d'un air suppliant; il ouvrit la porte, la poussa dans la rue avec ces mots que j'entendis : « Mon métier est de vendre du pain et « non d'en donner. » Elle est repartie la tête basse et je l'ai vue quelques pas plus loin se pencher sur un tas d'ordure, et y fouiller pour trouver quelque croûte de vieux pain ou des épluchures de légumes pour ses enfants. Alors, que voulez-vous? mon cœur a éclaté. Je suis entré chez le boulanger, j'ai jeté une pièce de quarante sous sur le comptoir en lui criant : « Un pain de quatre livres! » Il m'a regardé d'un air surpris, m'a donné le pain et rendu vingt-quatre sous de monnaie. J'ai couru après la pauvre mère, je lui ai dit : « Tenez, ne pleurez plus, voilà du pain pour vos enfants, » et elle m'a jeté un regard de joie si triste que je lui ai donné aussi les vingt-quatre sous. Devant une telle misère, j'aurais eu honte de les garder; je lui aurais plutôt donné tout le reste si j'avais osé. »

Je l'écoutais, je le regardais et je pensais au pauvre poète Gringoire, de la Comédie, qui trouvant deux petits enfants dans la rue par la neige, les prit sur ses genoux et les couvrit de son méchant pourpoint troué dont il s'était dépouillé, pour les réchauffer. Et je me redisais, en bénissant Dieu : les pauvres gens sont les mêmes en tous les temps : tout misère et tout charité.

Croyant à mon silence que je le désapprouvais, il se leva et me dit : « Pardonnez-moi si je vous ai mécontenté, mais c'est plus fort que moi; quand j'ai de l'argent, je ne peux m'empêcher de le donner. Je crois qu'il vaut mieux que vous ne m'en donniez plus. Voyez-vous, je suis fait pour vivre et mourir pauvre. Tout ce que je demande à Dieu, maintenant que j'ai une religion et que je crois au paradis, c'est qu'il me reprenne le plus tôt possible. Sur la terre ou au ciel, je le prierai pour vous et lui demanderai de vous récompenser de tout le bien que vous m'avez fait. »

Je l'embrassai avec tendresse et respect, je lui fis promettre de revenir me voir et, quand il fut sorti, je m'agenouillai et je m'abimai dans la méditation de cette divine parole : « Bienheureux les pauvres, parce que le royaume des cieux leur appartient. »

Ceux qui disent le pauvre incapable de sentiment ne le connaissent pas et ne veulent pas le connaître.

« Vos pauvres ne peuvent qu'inspirer de la répugnance. Vous éloignerez le public et nuirez à l'achèvement de la basilique. »

Les abords du pauvre sont-ils donc si effrayants? Il répugne parce qu'on ne le connait pas, et on ne le connait point parce que, effrayé des abords, on ne pénètre pas jusqu'à son âme.

Ce qui effraie, c'est la surface!

Sans doute, ses vêtements sont en lambeaux, couverts de poussière ou de boue, sordides peut-être, mais est-ce digne de s'arrêter à ces haillons et à cette poussière? Passez au delà, vous trouverez le cœur et l'âme, et l'âme du dernier des pauvres, devant Dieu, vaut l'âme d'un Charlemagne.

Plusieurs voudraient peut-être balayer le pauvre Lazare

pour faire net le chemin où doit passer le riche. Et cependant c'est Lazare qui a les prédilections de Dieu. C'est la plus pure doctrine de l'Évangile. Est-ce que l'Église ne vient pas de ramasser, sur les marches d'un temple, un loqueteux, un vieillard déguenillé, un va-nu-pieds, un mendiant, la sébille de l'aumône pendue à la ceinture? Et voyant que l'âme de ce pauvre était droite et pure, Elle l'a placé sur les autels, et Elle a crié au monde : « A genoux devant ce juste en haillons! A genoux devant Benoît Labre! »

Quand parut naguère l'encyclique papale sur la condition des ouvriers, on prétendit que l'Église, prudente et habile, venait d'abandonner ses vieux navires et qu'elle prenait une orientation nouvelle. Renonçant aux trônes où Constantin l'avait fait monter, elle ouvrait ses bras à la démocratie montante.

C'était une injure bien gratuite. Toujours l'Église a été une cité des pauvres, son chef divin fut pauvre, ses premiers apôtres furent pauvres. Nous sommes nés d'une vile plèbe, s'écriait Tertullien, *ex vili plebecula !*

L'amour du pauvre est resté dans le cœur de l'Église. C'est chez elle comme un fumet de terroir. A l'heure de ses triomphes, elle a toujours défendu les petits, et en face des puissants elle jetait son cri de mère, le cri du Maître : « Prenez garde! Prenez garde! Ce que vous faites au plus petit de ces pauvres, vous me le faites à moi-même! »

Je ne sais rien de beau, rien de touchant comme les cris parfois indignés toujours éloquents des pères de l'Église en faveur des pauvres.

« Quand vous vous promenez, s'écrie saint Jean Chrysostome, portant à vos oreilles ces bijoux d'un prix énorme, pensez à tous les ventres affamés, à tous les corps nus, à cause de vos parures. Qu'il vaudrait mieux nourrir tant de vies défaillantes, *au lieu de percer le bas de cette oreille,*

74

et d'y suspendre la nourriture de mille pauvres ! Vous précipitez vos maris dans l'adultère, car, au lieu de les élever dans l'amour de la sagesse, vous leur apprenez à aimer en vous ce qui vous fait ressembler à des courtisanes. » (*In Math. Homilia*, LXXXIII, 4.)

« Riche, prends garde, le pauvre pleure sa nudité devant ta maison, et tu cherches de quels marbres précieux tu revêtiras tes pavés ! le pauvre te demande un peu d'argent, un peu de pain, et ton cheval presse de ses dents un frein d'or ? Quel jugement se prépare pour toi, ô riche ! La seule pierre de ta bague pourrait sauver la vie de tout un peuple d'affamés. » (Saint Ambroise, *De nabuthe Jezraelita*, 13.)

« O suprême démence, s'écrie encore saint Chrysostome, le Christ se tient à ta porte, en habits de pauvre, et tu n'en es pas touché ! » (*Hom. in Psalm.* XLVIII.)

Ces appels menaçants ont de l'écho à travers les siècles. Le grand Bossuet a écrit un incomparable discours sur « *l'éminente* dignité... » de qui ? des riches ? des empereurs ? des rois ? Non ! « *Sur l'éminente dignité des pauvres !* »

« L'Église, dit-il, est la ville des pauvres... L'Église, dans son premier plan, n'a été bâtie que pour les pauvres... les riches n'ont aucun rang dans l'Église, les pauvres et les indigents sont ses véritables citoyens... Les riches n'y sont soufferts que PAR TOLÉRANCE ; et c'est aux pauvres et aux indigents, qui portent la marque du Fils de Dieu, qu'il appartient proprement d'y être reçus. »

Quoi ! les riches seraient donc privés des grâces de la rédemption, les portes de l'Église leur seraient-elles fermées ?

« Non, répond Bossuet, le Christ y recevra les riches, MAIS A CONDITION DE SERVIR LES PAUVRES, afin que l'abondance des uns supplée au défaut des autres, et que des assignations soient données aux nécessiteux, sur le superflu des opulents. »

Léon XIII ne tient pas un autre langage : « Nous souhaitons, dit-il dans sa fameuse lettre à Gaspard Decurtins, nous souhaitons d'améliorer le sort misérable (de la classe indigente) et de le *rendre digne des peuples civilisés*... afin qu'une si grande et si utile multitude d'hommes ne soit pas livrée et abandonnée sans défense à la classe riche qui profite de leur pauvreté... QUÆ IN REM SUAM VERTIT ILLORUM EGESTATEM.

Certes, l'Église ne nie pas les inégalités que la richesse met entre les hommes. Loin de contester le droit de ceux qui possèdent, elle l'affirme, elle le défend, mais elle affirme aussi qu'il importe peu d'être riche ou pauvre, prince ou valet, puisque dans ces conditions extrêmes on peut garder à Dieu un cœur aimant et fidèle.

On nous dit que nous allons retarder l'achèvement de la basilique et détourner le courant des offrandes. Non ! non ! Nous avons confiance dans l'esprit chrétien des amis du Sacré-Cœur ; nous ne saurions contrarier l'œuvre matérielle, en réalisant le plus ardent désir du Cœur de Jésus. L'année 1895 a démontré au contraire que l'œuvre des pauvres attirait les plus grandes sympathies au Vœu National. Les offrandes ont dépassé celles de 1894. On comprend que ce monument de pierres doit abriter les grandes miséricordes et les grandes attractions du Sacré-Cœur de Jésus.

On sait que les miséreux sont séparés des pèlerins et ont leurs réunions dans la crypte.

« C'est à la puissance publique de venir au secours de l'indigence. »

Certes, nous applaudissons à toutes les œuvres de bienfaisance, mais si l'assistance à donner aux pauvres devient une charge exclusive du fisc, dès lors l'assistance ne procède plus de la charité, mais de la justice. L'aumône ainsi faite cesse d'être méritoire aux yeux de celui qui la reçoit, et il se contente de murmurer les mots de *droit à l'assistance*. Le pauvre étant d'emblée un des administrés de la bienfaisance publique déclare avoir droit à tout ce qu'elle fera pour lui.

Nous ne voulons pas qu'on puisse nous accuser d'intolérance chagrine et orgueilleuse. L'Assistance publique est une institution sociale. Il faut en louer l'inspiration. Elle fait œuvre de philanthropie quand elle adopte les enfants abandonnés, quand elle interne les fous, quand elle recueille les malades. Les millions qu'elle dépense pourraient être sans doute un instrument de préservation. « C'est le gâteau de miel, il ne rassasie pas Cerbère, il l'apaise. »

Mais si l'Assistance publique soulage la pauvreté du corps en distribuant les rognures de sa prospérité, que fait-elle pour la pauvreté de l'âme, que fait-elle pour effacer dans l'esprit du pauvre les systèmes abjects et les théories meurtrières, que fait-elle pour verser dans son cœur la résignation, le pardon et la confiance?

Non, la charité ne se transforme pas en une administration officielle, où la misère s'inscrit sur les registres et où on lui jette des petits bouts de papier. Le pauvre est irrité, moins à cause de ses privations qu'à cause de ses humiliations. Ce qu'il redoute, c'est l'isolement, c'est le mépris; et ces guichets où il va pleurer et où apparaît l'indifférente et froide figure d'un commis aux écritures, tarifiant la misère suivant le barème fixé, ne diminuent rien de la distance à laquelle il se trouve rejeté.

Il existe des œuvres admirables de charité chrétienne où les grandes misères sont pansées, et où chaque jour la foi renouvelle le miracle de la multiplication des pains, œuvres variées dans la forme, identiques dans le but.

Facies non omnibus una,
Nec diversa tamen, qualem decet esse sororum.

Les Petites Sœurs des pauvres, les Conférences de Saint-Vincent de Paul, les Frères de Saint-Jean de Dieu provoquent l'admiration de nos ennemis. Il y a cependant encore place au dévouement en faveur de cette catégorie de pauvres dépenaillés, sans logis, sans feu et sans pain, dont on n'a pu soulager ni l'infirmité physique, ni l'infirmité morale.

J'ai voulu déblayer ma route des diverses objections contre l'œuvre des pauvres. De toutes les raisons accumulées, pas une ne reste debout. Ce qui reste, c'est l'éternel commandement du Maître : Aimez!

CHAPITRE VII

L'AVENIR

Cet avenir, c'est celui de demain.

L'œuvre a son comité, elle donne du pain, elle soigne les malades, elle réconforte les âmes, elle s'efforce de trouver du travail aux désœuvrés, en un mot, une légion de malheureux ont été sauvés par elle. Le bien qu'elle a pu faire ne la console pas cependant de son impuissance à soulager tant de misères. Le domaine dont elle rêve la conquête est un royaume sans limites.

Jusqu'à ce jour le comité a pris pour lui seul tout le labeur, toutes les peines, tous les soucis ; mais quand il s'agit de secourir efficacement plusieurs milliers d'hommes, comment suffire au service des renseignements, à celui des enquêtes sur les œuvres, à celui des recherches d'emploi, etc.? Il est temps de coordonner, d'harmoniser les forces.

Le comité se propose par conséquent d'établir diverses commissions dont les membres seront choisis parmi les apôtres du Sacré-Cœur et qui apporteront à l'œuvre le concours de leur compétence et de leur zèle.

La première commission serait chargée de trois services également importants : le service des *renseignements* sur les œuvres, celui des *recherches d'emploi*, et celui des *enquêtes sur les pauvres*.

Être bien renseigné sur toutes les œuvres de charité est absolument nécessaire à celui qui veut se dévouer au soulagement et au relèvement moral des pauvres de Paris. Selon l'observation si juste de M. Jules Simon, s'il y a presque partout des ressources, ce qui manque aux sauveteurs, c'est de savoir où sont les moyens de sauvetage; comme ce qui manque aux naufragés, c'est de savoir où sont les sauveteurs; ce dont périssent les vrais malheureux, c'est de ne pas savoir où s'adresser. Dans une seule année, plus de 20,000 hommes sans travail sont venus, en désespoir de cause, demander au syndic à quelle porte ils doivent frapper. Or ce service réclame une connaissance aussi étendue qu'approfondie des œuvres de charité qui existent en France, et qui sont destinées à combattre le vice, l'infirmité, l'abandon, le dénuement.

Comme le disait éloquemment M. Lamy, lors de la première assemblée générale de l'*Office central* des institutions charitables : « A l'heure présente, la bienfaisance est un livre immense et admirable, où chaque œuvre a écrit une page, mais il manque à ce livre une chose : une table des matières. Faute de cette table, beaucoup de gens ne peuvent y trouver le passage dont ils auraient besoin, et, faute de temps, ils laissent le livre fermé. Ce qu'il y a de plus nécessaire, n'est-ce pas que tous apprennent à lire dans ce livre de vie? »

Pour établir cette table des matières, le concours de plusieurs bonnes volontés est absolument nécessaire.

Le service des *recherches d'emploi*, celui des *enquêtes sur les pauvres* nécessiteraient aussi un surcroît de généreux auxiliaires. Les patrons, aujourd'hui, songent bien plus à restreindre leur personnel qu'à l'augmenter. Les emplois sont rares. Le placement de nos miséreux offre en outre des difficultés spéciales, car il ne serait pas toujours prudent de plaider auprès du patron les circonstances atténuantes.

Les recherches, les démarches, les lettres innombrables qu'il faut écrire à ce sujet imposent au personnel de l'œuvre un travail écrasant. Le syndic a réalisé des merveilles d'activité et de dévouement. Des enquêteurs volontaires lui rendront un grand secours. Tous les Dimanches une *commission* dite de *Placement* se réunit, examine les cas intéressants et se partage le travail de la semaine. Il y a de la place pour d'autres dévouements. Ah ! qu'ils viennent à Montmartre, les amants de la charité, ceux qui s'en vont droit devant eux, le cœur ouvert à toutes les souffrances, les bras tendus à toutes les misères, les yeux fermés à toutes les fautes, « créanciers impitoyables de la Providence, comme a dit Edmond Brousse, dont aucun doute n'a jamais troublé la foi intrépide et dont aucun mécompte n'a jamais châtié les saintes témérités. »

Une commission spéciale dite des *Finances* gère les fonds, est juge des avances au travail, s'occupe des rapatriements, de la colonisation, de la propagande, contrôle, en un mot, les recettes et les dépenses.

Sous la direction de M. Delamarre, avocat, le *Secrétariat du peuple* fonctionne régulièrement.

Le comité se réserve la haute direction. Peut-être pourra-t-il obtenir du conseil d'Etat la personnalité civile sans laquelle l'œuvre serait impuissante à recevoir les libéralités testamentaires. La préfecture de police ne refusera pas l'exemption de la patente de logeur, et les compagnies de chemin de fer se montreront bienveillantes en faveur des rapatriés. Sur ses instances, plusieurs grands magasins pourraient se dessaisir, en faveur de l'œuvre, des effets défraichis, vêtements, couvertures, chaussures, objets de literie, etc.

Un saint prêtre du Calvados nous écrit : « Saint Antoine de Padoue a pu donner du pain à tous les malheureux qui se réfugient dans le Sacré-Cœur. Pourquoi saint Martin ne donnerait-il pas des vêtements à ceux qui mettraient en lui leur confiance comme le pauvre d'Amiens? Saint Martin saurait bien protéger son œuvre, sans porter ombrage au grand saint Antoine. L'essai ne me semble pas impossible à Montmartre où se pressent tous les jours les amis du Cœur de Jésus qui a tant aimé les petits et les pauvres. »

C'est fait. Le *restiaire de saint Martin*, à Montmartre, rappellera le vestiaire de Tours, fondé par M. Dupont, de sainte mémoire.

Recueillir des ressources, approvisionner et entretenir le vestiaire, se dévouer à la tête des apôtres du Sacré-Cœur à la consolation des pauvres et à l'instruction des ignorants, serait le rôle du comité des *Dames patronnesses*.

Évidemment, tous ces projets nécessitent un local plus vaste que l'humble maison de la rue Lamarck.

Que ne nous est-il donné d'élever un abri en planches ou en carreaux de plâtre, où nous pourrions placer des lits de camp, et offrir pour quelques nuits un abri provisoire à nos chers pauvres! Que n'avons-nous seulement un hangar fermé avec des fenêtres de démolition pour servir d'atelier et occuper les hommes, les détourner de l'oisiveté, mère de tous vices, leur procurer un travail rémunérateur, leur insuffler le seul cordial qui puisse les relever, l'énergie morale.

En d'autres termes, l'Œuvre des pauvres, pour réaliser le bien colossal que ses débuts font pressentir, doit avoir à sa disposition une *infirmerie*, une *hospitalité de nuit* et une *maison d'assistance par le travail*.

L'hiver, quand le thermomètre descend à plusieurs degrés au-dessous de zéro, quand les rues sont ensevelies par la neige, quand la bise souffle impitoyable, il est triste de penser que des hommes, malades peut-être, sont sans abri, et que, parmi ces malheureux, la mort fait d'épouvantables récoltes. Le médecin disait un jour qu'il ne pouvait jamais se coucher le soir sans une grande tristesse; il pense à tous ces malheureux qui couvent la mort et qu'il a été obligé de renvoyer coucher dehors faute d'infirmerie. Un jour, il en a vu un en pleine fièvre typhoïde qui a failli mourir dans ses bras.

Dans son rapport du mois d'octobre dernier, M. le comte de Schurchill émettait le vœu suivant : « L'hiver vient, impitoyable aux pauvres gens. Espérons que les ressources de l'œuvre lui permettront d'abriter momentanément tant de pauvres malheureux et de les soustraire aux meurtrières atteintes des nuits de décembre.

« Une dizaine de lits dont le capital pourrait être fourni par les amis du Sacré-Cœur, suffirait aux besoins les plus pressants, car nous sommes souvent obligés de renvoyer des gens auxquels une soupe chaude et un lit épargneraient une bronchite fatale, résultat d'une misère trop longtemps subie.

« Deux dames me déclarent s'inscrire les premières, le jour où sera décidée la création de ce refuge. »

Trois docteurs médecins dont deux spécialistes s'offrent spontanément dans le but de donner au comte de Schurchill un concours désintéressé et régulier.

Navrant aussi est l'adieu qu'ils doivent faire à leurs protégés après les avoir préparés à la grâce du baptême ou de la première communion; car Dieu a ses élus parmi ces surmenés de la mauvaise fortune. Durant les huit jours de retraite, ces natures abruptes se sont adoucies, quelque chose d'inconnu les a pénétrées, les a émues.

L'action de la grâce est sensible. Le jour du baptême ou de la première communion, la transformation est complète.

Que c'est triste alors de rejeter sans gîte, sans travail, sur le pavé de Paris, ces hommes dont le cœur est purifié, et qui voudraient réparer le passé. Ils doivent repasser par ces routes décevantes où il y a tant de fondrières. Hélas! ils retombent dans le milieu corrompu qu'ils auraient voulu quitter; l'abri le plus infime se ferme devant eux, c'est encore la misère et la faim, mauvaise conseillère. Bien souvent les huit jours d'apostolat sont perdus.

Si l'œuvre avait une *hospitalité de nuit*, les apôtres du Sacré-Cœur pourraient dire à leurs chers catéchisés en les quittant : « Allez, mes amis, tâchez de trouver du travail. Si vous ne réussissez pas, revenez ce soir, revenez les jours suivants, nous vous donnerons asile. » Notre hospitalité de nuit ne serait pas seulement une œuvre de charité, mais une œuvre de conservation. Plusieurs reviendraient, mais les apôtres du Sacré-Cœur seraient là pour leur parler de courage, de résignation, du devoir pour tout homme de lutter contre les difficultés de la vie, de l'espérance, qu'il ne faut jamais répudier, et de la dignité humaine, qui se relève par le travail, quel que soit le travail.

Pour sauver un malheureux qui se noie, il suffit d'une corde jetée avec adresse; pour sauver un malheureux qui va disparaître dans le bourbier de la démoralisation et de la misère, il suffit bien souvent de lui tendre la main, de lui donner un asile, de lui permettre de reprendre haleine, et de raffermir son courage épuisé par une lutte trop longue.

Ces dortoirs ouverts à la misère ressemblent, selon le langage de Maxime Ducamp, « à ces huttes de refuge construites dans les Alpes, en marge des routes encombrées de

neige, où le voyageur harassé peut s'abriter pendant la
tourmente, dormir sans redouter l'avalanche et reprendre
vigueur avant de tenter de nouveau les hasards du chemin qui va parfois vers le but entrevu et souvent à
l'abîme. »

Les désirs du comité vont plus loin. Pour remédier efficacement au chômage, pour éliminer peu à peu les mendiants
professionnels et incorrigibles, il voudrait établir une maison
d'assistance par le travail. Pour ne pas encourir le reproche
de subventionner l'oisiveté, et, selon l'expression vulgaire,
d'arroser la misère et de la faire fleurir, il désirerait substi-
tuer à une légère aumône en argent, un secours plus impor-
tant réservé à ceux qui l'auraient mérité par un travail préa·
lable, travail régénérateur, rémunérateur et moralisateur.
Secourir les malheureux en leur procurant de l'ouvrage,
tel est le but que se propose l'*Assistance par le travail*.

Plusieurs œuvres similaires existent déjà dans Paris et
peuvent servir de types.

La *fondation Laubespin*, 33, rue Félicien David, est
assez connue. Là, les hommes admis jusqu'à concurrence de
l'effectif total de 60 places, sont occupés à faire de la menuiserie. Tous arrivent plus vite qu'on ne pourrait le suppo-
ser à manier un rabot mis dans leurs mains tout prêt à fonc-
tionner. Des contre-maîtres payés à l'année dirigent le travail
et préparent les matériaux. Une scierie mue par une machine
à vapeur, débite le bois. Les hommes employés sont payés à
raison de deux francs par jour; ils peuvent manger dans
l'établissement les aliments qui leur sont fournis d'après un
tarif très réduit, ou apporter leur nourriture du dehors, s'ils
le préfèrent. On leur offre pour 0 fr. 35 des bons de coucher
chez des logeurs connus. On espère arriver un jour à les
hospitaliser, comme on le fait déjà pour les femmes, mais
on a dû reculer jusqu'ici devant le coût élevé d'une construc-

tion pour laquelle le terrain est réservé. Chaque jour, des démarches sont faites par une personne spécialement chargée de ce service pour placer les hospitalisés suivant leurs aptitudes. En principe, on ne peut rester dans l'établissement plus de vingt jours, mais des prolongations sont accordées facilement quand le travail n'est pas assuré à la sortie.

La maison hospitalière fondée à Belleville pas M. le pasteur Robin mérite aussi notre attention. Elle occupe quarante hommes, en moyenne, logés et nourris. Ils y sont accueillis en présentant un bon remis par un adhérent de l'œuvre, bon que le donateur remboursera au prix de 1 fr. 50, mais seulement s'il est utilisé. Ce paiement représente le prix de la première journée qui sert de pierre de touche pour reconnaître la bonne volonté de l'hospitalisé; pour peu qu'il se mette résolument au travail, il peut demeurer quinze jours dans la maison, en sortant chaque matin pour aller chercher du travail, et il est aidé par le concours d'un membre du comité qui s'occupe spécialement du placement des pensionnaires.

Le travail imposé n'offre aucune difficulté; il s'agit de fendre des morceaux de bois débités d'avance, pour en faire ces petits fagots de margotins qui servent à nos cuisinières à allumer le feu. Tout homme de bonne volonté arrive facilement, dès le second jour, à faire le minimum de 50 qui est exigé pour être maintenu dans la maison. La façon de ces fagots étant payée 3 fr. par cent, la confection de 50 procure 1 fr. 50 de salaire, prix qui représent. les dépenses quotidiennes de nourriture et de logement. Ceux qui mettent un peu d'ardeur au travail arrivent bien vite à dépasser ce chiffre. à faire 75, même 100 fagots, et ils peuvent alors toucher en argent tout ce qui dépasse 1 fr. 50.

Les hommes qui se sont bien conduits dans la maison et

viennent s'y présenter de nouveau par la suite, sont admis sans avoir besoin de présenter un bon.

Le déficit, par journée d'hospitalisé, arrive à ne pas dépasser 0 fr. 15 à 0 fr. 20.

Depuis quatre ans, ont été fondées de nouvelles sociétés d'un caractère philanthropique et qui ont pris le nom de leur arrondissement. Telles sont les œuvres des XVIe et XVIIe arrondissements, créées en 1891 ; celle du XIe arrondissement, créée en avril 1892 ; celle du IIe arrondissement, créée en octobre 1893. Les deux premières restreignent leur action aux pauvres de leur circonscription.

Malgré les subventions du gouvernement et du conseil municipal, ces œuvres ne résoudront pas le problème de la misère. Pour cela, les banquets et les toasts retentissants à la liberté des peuples ne suffisent pas. Qu'on en juge par le rapport annuel de la société du XIe arrondissement. Voici les résultats obtenus durant la première année de son existence :

Ouvriers admis au travail :

Hommes	111
Femmes	31
	142

Sur ce nombre d'assistés :

11 ont été placés par la Société.
18 se sont placés eux-mêmes.
66 ont été rayés après quinze jours de présence.
26 sont partis sans laisser d'indications.
21 ont été renvoyés pour ivresse, paresse ou indiscipline.

142

Il nous semble que ces résultats ne répondent pas au chiffre des recettes.

« Les colonies de travail ne doivent pas être des entreprises gouvernementales, ni même provinciales. » Ce principe formulé jadis par le créateur de l'assistance par le travail, en Allemagne, est confirmé par l'expérience. M. Ganfrès, ancien conseiller municipal de Paris, en a excellemment exposé les raisons en ces termes :

« L'État ne procède que par mesures d'ensemble, et l'Assistance par le travail ne les comporte pas. Si l'on ouvre dans les grandes villes des chantiers recevant indistinctement tous les ouvriers qui se présentent, sans vérification de leur valeur professionnelle, on n'obtiendra ni véritable travail, ni véritable assistance. L'assistance sous toutes ses formes, mais surtout sous la forme d'atelier de travail, ne peut se passer de discernement, de précautions d'ingéniosité ; sinon elle fait un métier de dupe et aggrave le mal qu'elle prétend guérir. Elle ne peut donc être purement administrative ; il faut aussi qu'elle soit morale et en quelque sorte éducative ; sans ces qualités elle ne peut rien... » Quelques conseillers municipaux sont bien près de s'associer à ces conclusions [1].

Les économistes les plus compétents ne pensent pas autrement ; ils ont des préventions contre la charité officielle.

Cependant le conseil municipal de Paris, désireux de vaincre l'initiative privée, a créé deux établissements de ce genre, l'un pour les femmes, installé 35 rue Fessard, l'autre pour les hommes, dans la Marne. Cette dernière fondation est une colonie agricole destinée à ramener vers les campagnes les paysans venus à Paris sans y trouver les moyens d'existence qu'ils espéraient. Les documents officiels qualifient ces deux établissements d'établissements modèles. Nous leur laissons la responsabilité de cette appréciation.

Le travail offert aux assistés peut être très varié. La Fon-

<hr>

1. *Bulletin municipal*, n° 105, décembre 1893.

dation Laubespin s'occupe de menuiserie, la maison Robin confectionne des fagots de margotins ; les assistés du VIe arrondissement effilochent des vieux cordages pour faire de l'étoupe, épluchent de la salsepareille, taillent de la pierre ponce, trient des crins, etc., opérations faciles, mais dont le produit pour l'œuvre n'excède pas 0 fr. 45 par jour. Dans le XIe les hommes se livrent à l'écalage des noix de corozo. Un atelier de sacs en papier a été organisé dans le XVIIe. Copies et adresses, fabrication de chaînettes, éventails en papier, reliure des calepins, frappe des boutons de cuivre, etc., etc., l'assistance prend toutes les formes.

Ce qui est désirable, c'est que le travail soit suffisamment rémunérateur pour ne pas obérer trop profondément les finances, et assez facile, à la portée de tous. Si le travail exige un apprentissage long et pénible, il est à craindre que l'œuvre dévie de sa destination première et devienne un vulgaire atelier. Pour éviter le déficit, et pour ne pas gâcher l'ouvrage, le séjour des ouvriers habiles sera indéfiniment prolongé, les malheureux seront reçus parcimonieusement.

Le vendredi 10 Janvier 1896, l'Assistance par le travail a été inaugurée à l'ombre même de la Basilique, à l'*Abri Saint-Joseph*. Les pauvres qui ont été occupés se sont mis à l'œuvre de tout leur cœur. Ils gagnent chaque jour leur nourriture, leur logement, et peu à peu de quoi acheter des vêtements afin de pouvoir convenablement solliciter ailleurs un emploi. L'Œuvre promet de grandir rapidement, mais c'est le cas de répéter : « *Da mihi spatium.* » De la place pour faire grandir à la douce chaleur du Cœur de Jésus ces œuvres éminemment religieuses et sociales.

CHAPITRE VIII

C'était par une belle soirée du mois de mai dernier, au bois de Boulogne.

La foule était singulièrement mélangée. Des jeunes enfants, au bras de leur bonne, faisaient balancer leurs jolis petits navires sur les bassins. Plus loin, des jeunes gens, la raquette à la main, se renvoyaient les balles bondissantes. Les voitures de maîtres passaient au grand trot, laissant apercevoir les brillants costumes et la joie de ces privilégiés de la vie, paresseusement rejetés en arrière sur les coussins. C'était tout un fourmillement de promeneurs dont la visite au bois de Boulogne était sans doute la grande occupation de la journée. Les joyeux éclats de rire qui s'élevaient de ce milieu dénotaient la sensation du bien-être et une vie insoucieuse.

Sur un banc, une dizaine de pauvres diables, les habits en lambeaux, silencieux, l'œil hagard, contemplaient ce spectacle. Une grande dame, dont la dignité modeste trahissait le haut rang, vint à passer tout près du groupe. Sa robe traînante de velours noir frôlait leurs pieds.

Des éclairs d'acier passèrent dans les yeux d'un de ces hommes.

« Vache ! » grommela-t-il, et il jeta sur la robe un ignoble crachat. Ses compagnons jouissaient visiblement.

Je m'approchai d'un de ces pauvres. « Connaissez-vous cette dame ?

— Non ! mais elle a de la galette, et nous crevons de faim. » Et il me tourna le dos.

Je m'éloignai pensif. Je venais de voir passer devant moi le grand problème de la question sociale, en chair et en os !

Depuis lors, j'ai voulu étudier les cris de haine, de révolte, d'exaspération, qui grondent dans la poitrine du pauvre qui n'a pas la foi.

« Celui-là est riche, moi je suis pauvre... pourquoi ? Il est heureux ; je suis dans la misère atroce... pourquoi ? Il a un hôtel ; je n'ai que le ruisseau... pourquoi ? Est-ce que je ne le vaux pas ? » Ces questions troublantes ne montent pas à l'esprit du riche, il lui semble si naturel d'être riche, mais elles viennent à l'esprit du pauvre. On lui a si savamment appris que le bonheur n'est pas dans le ciel ! Rien d'étonnant s'il se rue à la bataille. Il voit passer de brillants équipages qui l'éclaboussent. Il voit, le soir, à travers les croisées brillantes, l'éclat des fêtes, la splendeur des salons, et il n'a pas de gîte. Il voit étalés dans les rues les riches costumes, les bijoux de grands prix, les vitrines opulentes de victuailles, ruisselantes de richesses, et il n'a pas le sou ! Les yeux brûlants de convoitises, rongé par la faim, il crie : « Pourquoi ?... Pourquoi ? »

Songez donc au sort de ce pauvre qui, arrivé à vingt ans, hélas ! que de fois plus tôt, à quinze ans, à douze ans ! se voit seul dans le monde, sans présent, sans passé, sans avenir ! La vie est pour lui comme pour les autres, pleine de sollicitudes qui l'appellent, pleine de nécessités qui crient et qui l'accablent,... et le monde passe devant lui, le monde des satisfaits ;... il est seul ! Son cœur, — car il a un cœur comme les autres, — son cœur frémit, bondit... il veut vivre aussi, puisque c'est là la vie !

Ainsi déshérité, agité par ses instincts farouches, par ses passions avides, le pauvre offre une proie facile au socialisme qui vient lui dire :

« Tout cela n'est pas juste. Il n'y a rien de bon dans la machine sociale actuelle, elle grince à tous les rouages. Jetons à bas tout cela. Voici l'avenir :

« L'État seul maître, seul propriétaire du sol, de l'immeuble et du meuble, du champ, du bois, de la mine, de la fabrique, de l'usine et de l'atelier : l'État seul producteur et seul vendeur, mais partageant à tous ses bénéfices au *prorata* du travail et des besoins. Plus de pauvres, plus de riches, rien que des travailleurs et des égaux. »

Cette théorie radicale, absolue, sans faux-fuyant, sans voile, toute nue, est, on l'avouera, fort séduisante pour celui qui n'a rien. Le peuple des affamés la trouve charmante.

Il subit la plus terrible fascination ; dans les profondeurs de son cœur aigri se forment d'inextinguibles jalousies, des convoitises sans frein, des haines passionnées. Pour lui, il n'y a plus ni l'Océan, ni les Pyrénées, ni les Alpes, ni le Rhin, — il est fasciné par les termes magiques, d'avènement de la justice, de règne humanitaire, de solidarité générale.

Alors, les prêcheurs de communisme vont plus loin. « Croyez-vous, écrivait, il y a quelques années, la *Revue socialiste* de Paris, dans un article à l'adresse du cardinal Manning :

« Croyez-vous que *sans destruction,* vous pourrez édifier une équitable répartition des biens adéquate aux besoins humains ?

« Croyez-vous que, *sans toucher aux principes de la propriété individuelle,* vous pourrez améliorer le sort de vos frères ?

« Cette INTÉGRALE reconstitution de la Société peut-elle se faire pacifiquement, *sans effusion de sang ?*

« Personnellement, nous le désirons de toutes les forces de notre être.

« Mais, hélas! entre notre désir et la réalité, un abime existe. L'étude du passé, l'exacte conception du présent conduisent à cette constatation : LA RÉVOLUTION SANGLANTE EST INÉLUCTABLE ! »

Savourez encore le parfum de cette autre fleur cueillie dans une feuille révolutionnaire :

« Une vision monte dans un horizon proche : c'est la vision rouge de la révolution qui emportera tout ; c'est la débâcle du peuple *lâché, débridé, galoppant par les villes et les campagnes où ruissellera le sang du bourgeois,* où sera semé l'or des coffres-forts éventrés... »

« ... Non, il n'y a rien à faire, si ce n'est allumer le feu aux quatre coins des villes, faucher les peuples, raser tout, et quand il ne restera plus rien de ce monde pourri, peut-être en repoussera-t-il un meilleur ! »

Tel est, plus ou moins déguisé, le langage des meneurs du socialisme, malfaiteurs lâches, soufflant à l'oreille du pauvre toutes les convoitises, aiguisant toutes les haines, éperonnant toutes les passions prêtes à bondir, mais se tenant à l'arrière de l'armée, espérant bien que sur le champ de bataille où tant d'autres se feront hâcher, il y aura des dépouilles à engaisser les habiles !

Qu'on y regarde de près, les trois quarts des recrues du socialisme viennent de l'armée des pauvres. Cette armée s'agrandit, s'organise, se fait à la discipline, à travers les frontières se touche les coudes. C'est un cercle de fer qui, petit à petit, s'étend autour de vous, se replie et se fermera bientôt peut-être.

Connaît-on rien de triste comme de voir les deux grands

bras de l'armée allemande, dans la dernière guerre, s'étendre savamment, s'avancer sûrement, puis, avec l'horrible précision des machines, se refermer lentement sur l'armée française affolée, et dans les crocs de cet immense étau vivant, la broyer?

Et en France, on ne voyait rien, on ne comprenait rien, jusqu'à l'heure où trop tard l'étouffement tordit les poitrines.

Ah! quel réveil nous prépare la débâcle des grands et des riches! Dieu veuille que ce ne soit pas une nouvelle Jacquerie mettant à sac, non seulement Paris, mais la France, l'ancien et le nouveau monde.

Le bruit qui vient de cette foule, c'est un cri de haine, la haine du maître, la haine du riche, la haine des heureux. Les deux armées sont en présence, frémissant d'angoisse devant le sang qui va couler : d'une part les riches, de l'autre les va-nu-pieds ; d'une part les rassasiés, de l'autre les meurt-de-faim.

Qui nous donnera la solution de ce redoutable problème? La raison humaine? L'État? La justice? L'Assistance publique?

Non! Le problème n'a de solution possible et durable que par la doctrine religieuse. Sans elle, nous n'aurons que l'horrible guerre sociale dont les sinistres lueurs rougissent déjà l'horizon.

Que peut dire la raison humaine au malheureux qui se plaint d'avoir appelé le travail et à qui le travail n'est pas venu? Elle dira : — « Tant pis, mon pauvre diable. Vous avez pris un mauvais numéro à la loterie. Il n'y a rien à faire. C'est triste, j'en conviens. Mais les choses sont ainsi, tirez-vous-en! »

Et voici ce que répondra le pauvre : « Ah! Tant pis! Un moment! J'ai faim, moi, et il ne me plaît pas de crever comme un chien. Trop longtemps j'ai tiré la voiture où les repus se prélassent. J'en ai assez d'être cheval. J'ai travaillé, vous n'avez rien fait. A moi votre or, rendez gorge ! »

Je ne dis pas que ce pauvre raisonne bien ; mais je constate que beaucoup de pauvres raisonnent ainsi. Et je le déclare, si Dieu n'est pas, si la religion n'est qu'une chimère, une folie, je ne vois rien à répondre à ce discours.

Je vais plus loin. Quand le pauvre dit au riche : « Je vous vaux bien. » il a raison, car Dieu n'a pas pétri le riche d'une autre argile que lui.

Et s'il ajoute : « Nous sommes le nombre et nous sommes la force. » qui oserait dire qu'il n'a pas encore raison ?

Que fera l'État ? Ne pouvant convaincre le pauvre, il lui imposera la paix. Il fera comme on fait d'un fauve ; il l'enlacera dans le réseau de ses lois, il fera les mailles petites, les nœuds très forts.

Ainsi fait l'araignée pour enlacer les mouches, et généralement la mouche n'en sort pas. Mais ce n'est pas avec des toiles d'araignée qu'on enchaînera le grand peuple des souffrants. Tout tremble quand il rugit.

Quand, il y a vingt-cinq ans, il s'empara du pouvoir dans Paris, il s'appela la Commune et il fallut un siège entier pour le réduire.

Il est la force, il est le nombre.

Hélas ! comme tout cela sent la poudre !

Il y a quelques années, en Allemagne, on riait encore des doctrines socialistes. L'empereur ne rit plus maintenant.

La mission de l'État consiste à protéger la libre action des citoyens plutôt qu'à la remplacer. Et s'il prétend considérer simplement le pauvre comme un tigre qu'il faut museler, son illusion lui coûtera cher.

La justice humaine demeure impuissante. Elle regarde les vagabonds comme un danger et elle croit accomplir toute son œuvre lorsqu'elle en délivre la société. C'est bien souvent l'histoire d'Arlequin qui bat Pierrot pour l'empêcher de pleurer. Malheureusement Pierrot est fort, il est légion. La justice humaine ne peut donc suffire à sa tâche. Elle cueille parmi les meurt-de-faim les plus exaltés ou les moins habiles; elle n'entamera pas l'armée qui serrera les rangs pour le triomphe.

L'État tentera, je le veux bien, de diminuer la souffrance, mais il se fait de la bienfaisance une conception inexacte et trop absolue. La bienfaisance officielle a des limites qui lui sont imposées par la nature des choses. La question de la misère et, d'une manière plus large, la question sociale, ne peut être résolue que par la collaboration de l'action publique et de l'initiative privée. L'Assistance publique, nous l'avons vu, est trop formaliste, trop lente, trop coûteuse. Elle ne peut prendre toutes les formes de la misère comme la charité chrétienne; elle doit s'astreindre à des cadres fixes. Cette réglementation peut être sage, nécessaire même pour prévenir les abus. Je n'en disconviens pas. N'empêche que ces mots : charité légale, jurent l'un avec l'autre, car la charité est un élan spontané du cœur, un don de soi-même. Si vous croyez que la charité sociale ainsi dispensée laisse dans le cœur des malheureux un grand amour et une grande reconnaissance pour la société, vous avez la persuasion facile. A l'Assistance publique, il manquera toujours une chose, l'amour; elle ne sera bénie que par l'armée des employés qui en vivent. L'État parviendrait-il à soulager la souffrance, qu'il n'aurait rempli qu'une partie de sa tâche, et la plus faible. Il lui resterait à donner au pauvre les immortelles espérances qu'on lui a ravies.

Qui guérira ces blessures qui déchirent l'âme des petits ? L'Église réclame le droit d'illuminer ces questions ténébreuses et menaçantes, elle les aborde et les sonde avec une courageuse franchise. Sans elle pas de remède, pas de solution. La question sociale ne se traite pas avec des formules.

Le Christianisme ne fait pas miroiter le mirage d'un État social où tous les hommes seront absolument heureux dans la possession tranquille de la richesse. Il ne révolte pas le pauvre contre la société par la fallacieuse promesse d'une égalité réglée par l'État, grand propriétaire, et grand distributeur des biens de la nation. Il relève la dignité du pauvre en lui donnant un Dieu pour frère et pour modèle, et console, ennoblit ses douleurs par l'espérance d'un bonheur sans fin qui sera sa récompense.

Proudhon ne croyait pas si bien dire, quand il posait ce fameux axiome : « Il est étrange comme au fond de toutes nos questions politiques, il y a une question de théologie. »

Un écrivain caustique, mais fin observateur a dit un jour :

« Arrêtez le premier Français venu dans la rue : demandez-lui comment il faut gouverner la France, même l'Europe ; il vous répondra ; il a son système tout prêt. »

L'Église, elle aussi, présente au monde son système, et seule, Elle possède une autorité suffisante pour parler à tous du droit et du devoir. Sans Elle, ce sera toujours la même exaspération dans le peuple, et la même frivolité, la même insouciance chez les riches.

« Quoi que vous fassiez, le sort de la grande foule, de la multitude, de la majorité, sera toujours relativement pauvre, et malheureuse, et triste. A elle le dur travail, les fardeaux à pousser, les fardeaux à traîner, les fardeaux à porter.

« Examinez cette balance, toutes les jouissances dans le plateau du riche, toutes les misères dans le plateau du pauvre. Les deux parts ne sont-elles pas inégales? La balance ne doit-elle pas nécessairement pencher?

« Et maintenant dans le lot du pauvre, dans le plateau des misères, jetez la certitude d'un avenir céleste, jetez l'aspiration au bonheur éternel, jetez le paradis, contre-poids magnifiques ! Vous rétablissez l'équilibre. La part du pauvre est aussi riche que la part du riche.

« C'est ce que savait Jésus, qui en savait plus long que Voltaire.

« Donnez au peuple qui travaille et qui souffre, donnez au peuple, pour qui ce monde est si mauvais, la croyance à un meilleur monde fait pour lui.

« Il sera tranquille, il sera patient. La patience est faite d'espérance.

« Donc, ensemencez les villages d'évangiles. »

Qui parle ainsi?

Victor Hugo, dans *Claude Gueux*.

Et Chateaubriand :

« Un état politique où des individus ont des millions de revenus, tandis que d'autres individus meurent de faim, ne peut subsister, quand la foi n'est plus là avec ses espérances hors de ce monde, pour expliquer le sacrifice?...

« Recomposez, si vous le pouvez, la fiction aristocratique ; essayez de persuader au pauvre, lorsqu'il *ne croira plus*, essayez de lui persuader qu'il doit se soumettre à toutes les privations, tandis que son voisin possède mille fois le super-flu : *pour dernière ressource, il vous le faudra tuer.* »

La foi religieuse disparaissant, surgit l'égoïsme, tombe l'honneur.

Du côté des heureux, l'égoïsme n'a plus de frein, affolé il

se précipite. « Encore ! Encore plus ! A moi ! Toujours à moi ! » Le superflu ne suffit pas au riche pour apaiser les désirs insatiables de sa vanité et de sa cupidité. Et de là ces accumulations de richesses dans des mains qui débordent, et qui pourtant, toutes débordantes qu'elles soient, se tendent encore pour prendre toujours ! D'où viennent ces fortunes ? Trop souvent de l'épargne du petit.

Plus de foi ! Partant plus d'honneur, plus de justice, plus de conscience. Tous les moyens sont bons pour parvenir; on se vend, on s'achète. Le succès passera l'éponge sur toutes ces saletés : l'or n'a pas d'odeur !

On connaît le hardi et belliqueux écrivain qui s'est donné dans ces derniers temps, la mission de pourfendre les voleurs et les exploiteurs de la France. Laissez de côté les excès, la manie de harceler les honnêtes gens; ne gardez que les faits avérés. Est-il vision plus odieuse que le spectacle de ces hommes, courant à l'or, passant à travers toutes les hontes, éclaboussés de toutes les fanges, et sur les millions accumulés déjà, faisant rouler les millions d'une nouvelle victoire. C'est la chasse organisée à l'économie du chétif, du faible.

Cœurs faisandés ! monde vil auquel les banquiers juifs peuvent dire des mots célèbres comme celui-ci : « Je suis une colonne d'or, grattez-moi! » Dans cette société gangrenée, l'argent malpropre quand il y en a beaucoup, est plus honoré que l'argent honnête quand il y en a peu.

Or, pas plus que le riche, le petit n'a gardé la foi. En perdant la foi, il a perdu l'espérance et avec celle-ci la force des résignations. En perdant la mortification chrétienne, il a perdu la modération de ses désirs... Lui aussi crie : « A moi ! A moi ! » Et ses plaintes se tournent en réquisitoire sanglant contre les satisfaits assis au Tribunal pour le juger.

Autrefois, il aurait dit : « Patience ! le Ciel est là!... »

Aujourd'hui, il blasphème, crispe ses poings, et se prépare à la lutte. Comme le fauve, il veut happer sa proie, et sa proie, c'est le riche.

Beaucoup de gens font un reproche à l'Église. On l'accuse de se tourner simplement vers la pauvre, et de lui dire, avec infiniment de tendresse et de bonté : « Résignez-vous ! Prenez patience ! Soyez soumis... le Ciel est là ! »

Oui, la Foi se tourne vers le petit, lui manifeste la loi du travail, et lui prêche la résignation, la soumission et la patience... mais elle ne fait pas que cela !...

Elle se tourne aussi vers le riche, et elle lui dit : « Celui qui m'offre un sacrifice de la substance du pauvre est comme celui qui tue un fils devant les yeux de son père. » *Eccli.*, 24.

« Si un de nos frères est pauvre... n'endurcissez pas votre cœur et ne fermez pas votre main. » *Deut.*, 15, 8.

La loi naturelle, quand elle n'est pas raturée par les passions, dit simplement : « Le pauvre, c'est ton égal, aime-le comme ton égal. »

La vieille loi de Moïse va plus haut : « Le pauvre, c'est ton frère, aime-le comme ton frère ! »

L'Évangile monte encore : « Le pauvre, aime-le comme toi-même ! » Ou plutôt ce n'est pas assez. Le Christ s'écrie : « Le pauvre, c'est moi, moi votre Dieu ! Ce que vous faites au pauvre, vous le faites à moi, votre Dieu !... »

Ce que le pauvre fait dans la condition douloureuse où il est placé par la Providence, le riche doit le faire par un sacrifice volontaire. La fortune de celui-ci est un don gratuit de Dieu dont il est le représentant auprès du pauvre.

Ainsi l'Évangile résout la question sociale. La Foi trace au riche ses devoirs et elle vient souriante offrir la main au pauvre, et par ces routes d'en haut, inconnues à l'homme, triomphante, elle le conduit à la vérité et à la paix.

Jamais il n'y aura de paix loin du Christ, jamais il n'y

aura de bonheur loin des chemins qu'Il a tracés. Malheur aux Sociétés qui s'en éloignent !... Malheur aux Sociétés qui, s'étant éloignées de Lui, ne reviennent pas à Lui : Il est la voie, la vérité et la vie !

Eh bien ! l'œuvre qui nous préoccupe semble prédestinée à donner Jésus-Christ à ces foules déshéritées des biens de la terre, déshéritées surtout des biens du ciel. Les œuvres de charité chrétienne sont nombreuses, elles s'approchent avec compassion de l'infortune, elles s'efforcent d'atténuer le vice, de soulager le malheur. Mais leur action est nécessairement restreinte, limitée à une classe d'individus, et les pauvres qui nous intéressent échappent généralement à cette action. A Montmartre les apôtres du Sacré-Cœur espèrent accomplir une œuvre que les magistrats de tous les siècles ont cru irréalisable. Ils appellent à eux les vagabonds, jettent un peu de douceur et de bonheur dans ces vies si profondément trempées d'amertume et s'efforcent de réconcilier ces hommes avec la société et avec Dieu.

Des hommes se sont trouvés, n'ayant pas la foi, et arrivant bons premiers dans la course à la misère. Nous le savons, et quand le fait se présente, nous applaudissons de tout cœur. Mais ce ne sont que des exceptions. Pour aimer vraiment le pauvre, pour partager ses douleurs, il faut avoir la foi.

Est-ce à dire que l'œuvre des pauvres va résoudre la question sociale ? Nous ne le prétendons pas. La seule solution est dans le Christ, les œuvres ne sont qu'un moyen pour y parvenir. Que n'a-t-on pas dit contre l'œuvre des cercles catholiques d'ouvriers ? Cependant M. de Mun n'a jamais présenté les cercles comme la solution de la question sociale, mais comme un pont pour y arriver. Le vaillant orateur et ses amis ont voulu simplement apporter leur zèle et leur dévouement à l'application des principes de l'Évangile, et

ils ont travaillé, avec un zèle que l'histoire appréciera sûrement, au règne social du Cœur qui aime tant les humbles et
les petits : « Nous voulons, disait-il un jour, gagner des
âmes à Jésus-Christ, et rendre à l'Église le peuple de
France. » Si le grand chrétien n'a pas réussi au gré de ses
désirs, s'il n'a pas été secondé comme il aurait dû l'être, il
peut et doit se rendre le témoignage qu'il a travaillé à la
réalisation du désir du Maître, le rapprochement des classes.
Quoi qu'on en dise, le bien réalisé est grand.

Sous une autre forme, l'œuvre de Montmartre poursuit le
même but. « Pour sauver la société, disait Léon XIII à
M. Harmel, il faut la prendre par en bas. »

On régénère un pays comme un arbre, non pas seulement
par les branches, mais aussi par les racines. Les racines de
la société sont dans les classes abandonnées ; c'est sur elles
qu'il faut verser la grâce divine.

Les apôtres du Sacré-Cœur veulent donner leur dévouement aux parias de la société. Ils ont le droit d'espérer dans
cette réconfortante pensée de Joseph de Maistre : « Le
peuple est à qui lui parle, et il entend toutes les paroles
qui jaillissent d'un cœur en contact avec le cœur du
Christ. »

CHAPITRE IX

L'ordre social ne sera sauvé qu'à la condition de revenir à l'idée chrétienne.

Le pauvre doit se résigner, mais le riche ne doit pas se laisser aller doucement à jouir. Celui-ci conserve l'inaliénable droit à ses richesses, mais, par un mouvement généreux et libre, faisant large la part du pauvre, il met un terme aux cris de haine et fait chanter la reconnaissance.

Vous, les heureux du siècle, considérez bien que les sources du mal social sont à votre merci. Vous ne pouvez pas les tarir, mais vous pouvez leur creuser un lit pacifique, vous pouvez les endiguer, et rendre fécondes ces eaux qui menacent d'être dévastatrices.

Pour mettre de la lumière dans les malentendus, il faut mettre de l'amour, là où l'on n'a mis que des chiffres.

Les fidèles de Jérusalem étaient dans une grande misère. Saint Paul s'en alla leur porter des secours. « Je vous conjure, mes frères, écrit-il aux Romains, par Notre-Seigneur Jésus-Christ et par l'amour du Saint-Esprit, que vous m'aidiez par vos prières auprès de Dieu, afin que les fidèles qui sont à Jérusalem *agréent le présent* que j'ai à leur faire. »

« Il ne dit pas l'aumône que j'ai à leur faire, remarque

Bossuet, ni l'assistance que j'ai à leur donner, mais le *présent* que j'ai à leur faire... On apporte plus de soin dans le présent, et il y a un certain art de relever le prix de ce que l'on donne, par la manière et les circonstances de l'offrir. C'est en cette façon que saint Paul assiste les pauvres. Il ne les regarde pas seulement comme des malheureux qu'il faut assister, il les considère comme des personnes auxquelles *il fait la cour*, si je puis m'exprimer de la sorte. C'est pourquoi il n'estime pas que ce soit assez que son présent les soulage, il souhaite que son service leur agrée, et, pour obtenir cette grâce, il met toute l'Église en prières. »

Sans doute, donnez aux pauvres de Paris, donnez votre or, mais donnez aussi, donnez surtout votre main et votre cœur : votre main pour les relever de l'abjection où ils sont tombés, votre cœur pour leur faire goûter la seule joie de la vie, l'amour !

Epouses, mères chrétiennes, Dieu vous a donné le secret de consoler, de faire sourire, de guérir. Armez-vous du signe de la croix, et à l'œuvre !

Votre rôle est sublime, car vos paroles et vos exemples peuvent donner à vos fils et à vos époux un cœur ouvert à toutes les causes généreuses.

Dans les temps antiques, quand les femmes voyaient leurs frères, leurs époux, leurs fils, trop lents à courir à la défense de la patrie, elles poussaient les boucliers dans leurs mains et leur criaient : « Allez, sachez mourir ou revenez vainqueurs. »

Vous aussi, poussez vers les pauvres tous ces Hercule désœuvrés qui filent aux pieds d'Omphale, criez-leur de sortir de leur apathie, de leur insouciante frivolité, de se dévouer, de se sacrifier pour soulager la misère.

Oui, venez voir ces mutilés de l'existence. Leurs mains sont lasses, leurs genoux sont affaiblis. Venez à Montmartre.

104

Ah ! les souffrances que vous verrez ! Le cœur vous défaillira, mais le Christ vous dira : « Viens, mon fils. c'est si bon, c'est si doux d'aimer les pauvres ! »

Oh ! vous surtout qui pleurez sur vos rêves évanouis, ou sur les bien-aimés disparus, vous qui éprouvez la nausée de l'existence, *tædium vitæ*, vous aussi les abandonnés, les trahis, venez botaniser à Montmartre, au milieu de l'infortune. Vous en rapporterez des herbes salutaires qui vous serviront d'élixir.

Ceux d'entre les pauvres qui seront convertis prieront pour vous, car la charité du pauvre, c'est de vouloir du bien au riche, et de prier pour lui ; les autres, au jour des grandes colères, diront de vous : « N'y touchez pas ! Au moins il nous aimait celui-là ! »

Toutes les personnes que cette étude aura intéressées et qui voudront nous aider de leurs conseils, de leurs concours personnels, de leurs aumônes en argent, en vêtements, etc., etc., sont priées de s'adresser soit aux Chapelains de Montmartre (31, rue de la Barre), soit au Comité de l'Œuvre des Pauvres (31, rue Lamarck, Paris-Montmartre).

APPENDICE

ARCHICONFRÉRIE DU SACRÉ-CŒUR DE JÉSUS

SECTION DE L'ŒUVRE DES PAUVRES

RÈGLEMENT

ARTICLE PREMIER. — BUT

La fin de l'Archiconfrérie du Sacré-Cœur étant le Salut de la Société tout entière, l'Œuvre des Pauvres, qui constitue une Section de cette Archiconfrérie, a pour but spécial :

1° De relever au point de vue religieux, moral et matériel, les pauvres les plus délaissés ;

2° D'assurer le salut des autres membres de l'Œuvre par l'accomplissement de leurs devoirs de charité ;

3° De fusionner toutes les classes par l'union fraternelle dans le Sacré-Cœur.

ART. 2. — MOYENS

Pour atteindre ce but, l'Œuvre emploiera les moyens suivants :

1° Les pauvres se retremperont dans l'amour de la prière, l'accomplissement de leurs devoirs religieux et la docilité aux conseils qui leur seront donnés. Ils se pénétreront surtout de la tendresse toute particulière que le Sacré-Cœur de Jésus a manifestée.

2° Les autres membres puiseront dans le Sacré-Cœur un grand dévouement envers les pauvres ; les réunir dans les cérémonies religieuses, les catéchiser, leur distribuer le pain de Saint-Antoine ou autres secours, faire, selon que la Providence le permettra, toutes œuvres propres à les relever : telle sera leur mission.

Art. 3. — Obligations

Pour faire partie de l'Archiconfrérie il est nécessaire de se faire inscrire.

La Section de l'Œuvre des Pauvres, comme l'Archiconfrérie elle-même, se partage en trois classes :

1° Tous les confrères, tant les pauvres que les autres membres de l'Œuvre, réciteront chaque jour : *Pater, Ave, Credo* et l'invocation :

« Cœur sacré de Jésus, je me consacre entièrement à Vous, proté-
« gez la Sainte Église contre ses ennemis, ayez pitié de la France et
« faites que je vous aime toujours davantage. »

2° Les membres du second degré, dits adorateurs du Sacré-Cœur, seront choisis tant parmi les pauvres que parmi les dirigeants, et prendront part aux adorations et aux processions solennelles du Saint-Sacrement. Ils feront une heure d'adoration chaque trimestre et autant que possible tous les mois.

3° Le troisième degré comprendra, sous le nom d'apôtres du Sacré-Cœur tous les confrères des deux sexes qui contribueront au succès de l'Œuvre, soit par leur concours personnel, soit par leurs aumônes. Quelques pauvres des plus méritants pourront, eux aussi, être admis dans ce degré.

Art. 4. — Avantages

Outre la participation aux promesses faites par Notre-Seigneur à la charité, les membres de l'œuvre des Pauvres auront une part spéciale à une messe quotidienne, ainsi qu'à toutes les prières et adorations du Sanctuaire de Montmartre. Ils participeront en outre aux nombreuses indulgences accordées à chaque degré de l'Archiconfrérie.

Art. 5. — Constitution et règlement

1° L'Œuvre des Pauvres du Sacré-Cœur est dirigée par un comité comprenant vingt membres au plus;

2° Ce comité se compose : du directeur général de l'archiconfrérie, d'un aumônier, d'un président, de deux vice-présidents, de deux secrétaires, d'un trésorier, d'un trésorier adjoint, du syndic, d'un maître de cérémonies et de plusieurs conseillers;

3° Le directeur général a seul le droit d'admettre de nouveaux membres de l'archiconfrérie, il dirige les exercices spirituels, préside à l'élection du président, récite les prières au commencement et à la fin des cérémonies ou réunions et veille à l'exacte observation des statuts;

4° L'aumônier assiste à toutes les réunions, avec voix délibérative, au même titre que le directeur général qu'il remplace en cas de besoin. Il est chargé de toutes les fonctions spirituelles et se tient en relations constantes avec les pauvres ;

5° Le président est élu, sur la proposition du directeur général, par les membres du Comité, à la majorité absolue des suffrages. Il convoque le Comité, préside aux élections de tous les autres membres du Comité, dirige les délibérations, veille à leur exécution, et, d'accord avec le directeur général, nomme et révoque le syndic et les autres employés de l'œuvre;

6° Les vice-présidents remplacent le président dans ses diverses attributions, sauf en ce qui concerne les employés ;

7° Les secrétaires tiennent le registre des délibérations du Comité;

8° Le trésorier et son adjoint sont spécialement chargés des fonds et de la comptabilité, sous la surveillance du président. Ils rendent compte chaque mois de leur gestion au Comité. Toutes les dépenses doivent être ordonnancées par le président;

9° Le syndic est nommé et révoqué d'accord avec le directeur général, par le président qui règle ses attributions;

10° Le maître des cérémonies veille au maintien de l'ordre et de la régularité dans les différents offices ;

11° Les conseillers prennent part aux délibérations du Comité, qui pourra les investir de missions spéciales en cas de besoin;

. 12° Le Comité se réunira au moins une fois par mois;

13° Tous les membres du Comité sont nommés pour trois ans, et indéfiniment rééligibles.

Art. 6. — Règlement des apôtres des pauvres du Sacré-Cœur

1° Sous la direction du Comité, les apôtres des pauvres du Sacré-Cœur se livreront en faveur de ceux-ci à toutes sortes d'œuvres de zèle ;

108

2º Chaque office ou cérémonie sera réglé par le directeur général, d'accord avec le Comité. Le maître des cérémonies, le syndic ou tout autre délégué du Comité veilleront à l'exécution des programmes arrêtés et seront responsables du bon ordre. Tous les confrères, d'ailleurs, s'empresseront de déférer à toutes les invitations et recommandations qui leur seront adressées;

3º A chaque office ou catéchisme, un nombre suffisant de messieurs ou de dames sera convoqué pour veiller à l'entrée, au placement et à la sortie des pauvres, maintenir l'ordre et le silence, aider aux prières et aux chants, etc. ;

4º Deux ou quatre dames ou messieurs seront désignés pour distribuer le pain ;

5º Les apôtres des pauvres du Sacré-Cœur qui le pourront, prendront part aux adorations nocturnes et dirigeront les exercices d'une heure d'adoration ;

6º Ils assisteront aussi aux processions du Saint-Sacrement;

7º Ils se feront un bonheur de catéchiser les pauvres, de leur faire des conférences, de les préparer au baptême, à la première communion ou à la confirmation et de régulariser les mariages ;

8º Préoccupés du relèvement matériel aussi bien que moral des pauvres, ils s'efforceront de trouver des emplois où ceux-ci pourront gagner honnêtement leur vie, de rapatrier ceux à qui cela serait avantageux :

9º Ils procureront autant que possible à ces nécessiteux, des vêtements et les aumônes nécessaires pour subvenir aux frais considérables du Pain de Saint-Antoine et autres dépenses de l'Œuvre ;

10º Pourront être inscrits parmi les apôtres des pauvres, les messieurs et les dames qui s'engageraient à recueillir chaque année des aumônes en argent ou en nature, en faveur de ces déshérités.

ART. 7. — RÈGLEMENT DES PAUVRES

1º Tous les pauvres seront fortement encouragés à se faire inscrire dans l'archiconfrérie du Sacré-Cœur de Jésus, et réciteront la prière quotidienne ;

2º Ceux que le Comité aura reconnus dignes de cet honneur, seront inscrits par le directeur général parmi les adorateurs du Sacré-Cœur de Jésus ;

3° Ceux-ci devront avoir donné des preuves d'une conversion sérieuse et pratiquer tous les devoirs d'une vie vraiment chrétienne;

4° Les pauvres, devenus adorateurs du Sacré-Cœur, feront, s'ils le peuvent, tous les mois, une heure d'adoration. Ils seront convoqués pour faire à leur tour l'adoration nocturne;

5° Ils prendront part aux processions solennelles du Saint-Sacrement et à toutes les cérémonies auxquelles ils seront convoqués;

6° Ils se distingueront à tous les offices par leur bonne tenue et leur piété;

7° Quelques-uns, parmi les meilleurs, pourront être élevés au troisième degré et nommés apôtres du Sacré-Cœur, à l'effet de travailler à la conversion et à l'amélioration de leurs frères;

8° S'ils ont le bonheur de trouver, grâce au Sacré-Cœur, une situation plus aisée, ils n'oublieront pas les devoirs d'un fervent adorateur du Sacré-Cœur de Jésus et ils aimeront à revenir assister aux offices, aux adorations et aux processions.

9° Ils feront tous leurs efforts pour rendre à leurs frères les services qui leur auront été rendus à eux-mêmes.

Parmi les innombrables lettres d'encouragement, nous nous reprocherions de ne pas reproduire la lettre de Mgr Grandin, évêque de Saint-Albert (Amérique du Nord), et adressée au Supérieur des Chapelains. Il devait s'intéresser à notre œuvre, celui dont la tendre piété, la séduisante simplicité surent inspirer de si belles pages à Louis Veuillot.

« Mon révérend et bien cher Père,

« J'ai été si réjoui en apprenant par les journaux ce que vous avez fait pour les pauvres de Paris, que je ne puis résister au besoin de vous en féliciter et même vous en témoigner ma reconnaissance. Si le succès n'eût pas couronné vos efforts, votre démarche n'en serait pas moins méritoire, mais le succès est une bénédiction dont vous ne pouvez manquer d'être heureux, et vous me permettez de m'associer à votre bonheur.

« Merci donc! cher Père, pour Dieu, pour l'Église. Vous avez rapproché de Dieu la portion de la famille humaine qui en a surtout besoin, besoin d'autant plus grand qu'on semble prendre à tâche de l'en éloigner davantage. Puissiez-vous avoir des imitateurs dans toutes nos grandes villes ! Que les pauvres redeviennent chrétiens. Leur position sera améliorée du tout au tout. Nos sauvages, en devenant chrétiens, ne cessent pas de souffrir. Cependant la religion leur procure des consolations qui les rendent vraiment heureux. Je me souviens d'une pauvre vieille femme abandonnée de tout le monde comme une chose inutile, qui, baptisée et admise à la première communion, me disait : « Je « remercie Dieu de m'avoir prise en pitié en me laissant vivre assez « longtemps pour que je puisse le connaître Lui et sa bonne prière ! « J'étais si malheureuse avant, n'ayant absolument rien pour rendre « mon cœur fort. »

« Nos sauvages appellent la Sainte Eucharistie la *bonne médecine du bon Dieu qui rend le cœur fort.* Ce n'est pas nous qui avons ainsi nommé ce sacrement d'amour, ce sont les sauvages, après l'avoir expérimenté. Il me semble, cher Père, que Montmartre est, et sera surtout la vraie pharmacie spirituelle de Paris et de la France tout entière : les pauvres y trouvent un remède à tous les maux, les aveugles un collyre qui leur fera voir la lumière et les affligés de **toute** sorte un remède qui rendra *leur cœur fort.*

« Excusez-moi, cher Père, et du haut de la Sainte Montagne, veuillez, ainsi que vos frères qui sont avec vous, obtenir pour nous du divin Cœur, la force et le courage dont nous avons besoin, pour éclairer, nous aussi, de nombreux aveugles, consoler bien des malheureux, qui ont la folie de chercher le bonheur loin de Dieu.

« Croyez-moi, cher Père, votre frère bien affectionné en Jésus-Christ.

« ✝ VITAL, *év. de Saint-Albert,* O. M. I. »

LE PAIN DE SAINT ANTOINE

EXPLICATION BIBLIQUE

Sous la signature du R. P. Lemius a paru dans le *Bulletin* un délicieux article sur l'Œuvre des Pauvres. C'est l'explication biblique de ce que doit être le *Pain de Saint-Antoine* :

« Devant cette moisson nouvelle qui se lève, notre cœur, dans l'admiration des œuvres que Dieu seul peut créer, se laisse aller à de vrais transports de reconnaissance.

« Que les amis du Sacré-Cœur nous aident par leurs prières et leur charité toujours si généreuse ; qu'à Paris des hommes de dévouement prêtent leur concours à cette œuvre éminemment sociale, et dans peu de temps nous assisterons à de vrais miracles de transformation.

« C'est bien là le fruit immédiat que doit produire l'œuvre providentielle du *Pain de Saint-Antoine*.

« Les offrandes dites du *Pain de Saint-Antoine* — le nom nous le donne aisément à comprendre — ne doivent pas avoir d'autre but : Nous promettons, nous donnons à saint Antoine, en retour des grâces reçues ou espérées, du pain pour les malheureux qu'il a tant aimés sur terre, qu'il protège encore du haut du ciel.

« Assurément, nous qui recevons avec joie ces offrandes, nous devons les employer à donner du pain aux pauvres. Mais, est-ce un pain simplement matériel que nous devons distribuer? Non. La tradition de l'Église fut toujours de donner avec le pain du corps le pain de l'âme.

« Lisez l'admirable chapitre VIe de l'Évangile selon saint Jean, et vous verrez que nous ne faisons, à Montmartre, que copier cette page la plus admirable peut-être tombée de la plume du disciple bien-aimé du cœur de Jésus.

« Quelles splendides harmonies y sont développées par le Seigneur lui-même entre le pain matériel qu'il a miraculeusement distribué à

112

la foule affamée et le pain spirituel : le Verbe divin et la Sainte
Eucharistie !

« Ils sont là 5.000 hommes qui ont faim, et le désert n'offre aucune
ressource. Jésus en a pitié et il leur donne du pain à manger. Il
excite à tel point l'enthousiasme du peuple que celui-ci veut le faire
roi.

« Le lendemain, ce même peuple cherche de nouveau Jésus qui s'était
dérobé aux ovations, il le retrouve. Notre-Seigneur lui adresse ce
mot : « En vérité, en vérité, je vous le dis, vous m'avez cherché parce
« que vous avez mangé de mon pain. »

« Ce n'est pas un reproche. Le divin Rédempteur, qui veut attirer
les âmes par les liens d'Adam « *Traham eos in vinculis Adam* » constate
l'attraction du pain et s'en sert pour élever les cœurs. Il parle d'une
autre nourriture, d'un autre pain, éternel celui-là ! « En vérité, en
« vérité je vous le dis, mon Père vous donne le vrai pain du ciel. C'est
« le pain de Dieu « *panis Dei* » qui est descendu du ciel et qui donne
« la vie au monde. » Alors la foule qui a trouvé si bon le pain matériel, entendant faire le panégyrique d'un meilleur pain s'écrie : « *Do*
« *mine, semper da nobis panem hunc.* » « Seigneur, donnez-nous
« donc de ce pain. »

« Le maître les attendait là, à ce cri des toujours affamés : « Ce pain,
« s'écria-t-il, *ego sum*, c'est moi ! Ah ! qui vient à moi, qui croit en
« moi, n'aura jamais faim, n'aura jamais soif. »

« La foi dans le Verbe incarné, voilà le premier pain spirituel que
Notre-Seigneur enseigne à ceux qui, la veille, ont savouré la manne
matérielle.

« Des murmures se font entendre : *Murmurabant Judæi.* Ils étaient
là, les scribes et les pharisiens. Ils épiaient une occasion de contredire
le docteur. Ils avaient été impuissants la veille, en présence de la foule
enthousiasmée qui voulait faire roi le multiplicateur du pain matériel.
Maintenant que le maître parle d'apaiser cet autre appétit plus vorace
des facultés intérieures et des passions, maintenant qu'il parle aux
intelligences et veut apaiser les cœurs, ils grincent des dents, ils
murmurent, ils sentent que le peuple va être entraîné par la doctrine
pacifiante du Messie, que ce peuple, dont ils veulent se faire un
instrument, ne servira plus leurs rancunes et leurs haines. Des murmures se font entendre, le divin Maître leur impose silence : *Nolite
murmurare.* « Ne murmurez pas. »

« Et devenant plus solennel, Jésus élève encore plus haut les âmes vers un autre pain, ou plutôt vers le même pain, non plus donné par la parole qui engendre la foi, mais par le plus divin de tous les mystères, par l'Eucharistie : « *Le pain que je donnerai c'est ma chair, la vie du monde. Qui mange ce pain vivra éternellement.* »

« Que nos lecteurs relisent toute cette page dont nous ne citons que des fragments, et ils comprendront le procédé divin : Après le pain matériel, le pain spirituel, la foi, qui nourrit l'intelligence et le cœur, la foi qui éclaire le mystère de la pauvreté et de la misère, la foi qui donne, avec les espérances éternelles, le courage de supporter la faim, la soif, le froid, le dénûment, le coucher dehors, l'indifférence et le luxe de ceux qui jouissent ; la foi qui émousse les pointes acérées du désespoir, cet aiguillon impitoyable qui précipite tant de malheureux dans la Seine ; la foi qui, au milieu de toutes les souffrances, ouvre dans les âmes la vraie source de toute consolation.

« Aussi, en donnant le pain du corps, nous évangélisons, nous catéchisons. Et cette foi, pain des âmes, nous voulons la donner, comme Jésus, à ces hommes, et leur apprendre où ils peuvent encore trouver la force et le bonheur.

« Oui, le bonheur ! Il peut y en avoir encore sur terre pour les miséreux. Notre-Seigneur l'a proclamé. *Beati pauperes,* bienheureux les pauvres !

« Ah ! disions-nous ces jours-ci à ces chers pauvres : Notre amour pour vous souffre de ne pouvoir vous donner que quelques bouchées de pain de temps en temps. Nous voudrions pouvoir vous rassasier tous les jours. Hélas ! nous ne le pouvons pas. Mais nous voulons et nous pouvons faire mieux. Nous vous rendrons heureux.

« Le bonheur où se place-t-il ? ce n'est pas autour de vous dans ces vêtements plus ou moins luxueux ; ce n'est pas non plus dans cet intérieur qui s'appelle le creux de l'estomac. Le bonheur est dans le cœur, dans un cœur qui est en paix avec Dieu, avec le prochain et avec soi-même, dans un cœur que Dieu habite, et sait combler de ses joies intérieures en proportion des souffrances supportées. En preuve, voyez les saints : ils se vouent à la faim, aux austérités et ce sont les plus heureux du monde. Leur front rayonne. Ils possèdent Dieu. Dieu, voilà le pain qui rassasie l'âme, nous voulons vous le donner. »

« Et nous sentions que ces pauvres, dont quelques-uns venaient de communier, comprenaient ce langage.

« Qu'on ne vienne pas à murmurer, comme dans l'entourage de Jésus disant : Donnez du pain au corps, cela suffit; nous répondrions : En vérité, en vérité, Jésus-Christ est le pain de vie. Laissez l'Église remplir sa mission, combler ces âmes de consolations et d'espérances, et, mieux que tous les économistes, nous résoudrons ces questions terribles qui font trembler la société. Laissez-nous les catéchiser, et les noirs nuages qui obscurcissent l'atmosphère se dissiperont aux doux et pénétrants rayons de la foi.

« Avec le pain de la foi, nous donnons le pain eucharistique. Qu'ils l'adorent ce pain vivant descendu du ciel dans le silence de la nuit et le mystérieux recueillement de notre Basilique, qu'ils fassent palpiter leurs cœurs près de Jésus-Christ dont le cœur s'épanche en torrents d'amour, surtout qu'ils mangent sa chair divine, qu'ils s'abreuvent de son sang enivrant; ils souffriront encore ces chers miséreux, mais vous n'entendrez pas les grincements haineux de la faim, de cette faim qui dévore dans l'homme la patience et le courage.

« Voilà les merveilles du Pain de Saint-Antoine, du Pain du Sacré-Cœur. Réjouissez-vous, chers bienfaiteurs de ces pauvres, vous qui donnez le pain matériel, parce que nous y ajoutons le pain spirituel, le pain eucharistique. En retour, ces pauvres de Jésus bénissent vos familles, vos communautés, ils disent dans leurs actions de grâce : *Retribuere dignare, Domine, omnibus nobis bona facientibus, propter nomen tuum, vitam æternam.* Seigneur, donnez à tous ceux qui nous font du bien la vie éternelle. Ils prient à toutes vos intentions à la messe du dimanche, dans leurs adorations, dans leurs communions.

« Saint Ambroise a dit de Marie que sur terre elle mettait toute sa confiance dans la prière du pauvre : *in prece pauperis spem reponens.* Vous qui lisez ces lignes, mettez votre espérance dans la prière que nos milliers de pauvres feront monter pour vous, sur la colline de Montmartre vers le miséricordieux Cœur de Jésus. »

L'ÉTAT ET LE VAGABONDAGE

L'État peut-il amender le vagabondage par la prison ou le dépôt? Lisez les pages suivantes, tombées de la plume toujours si délicate de M. le marquis de Ségur :

« A force de vouloir tout réglementer, tout prévoir, tout réprimer, la liberté de respirer et de vivre finit par ne plus être qu'un mot pour les misérables, enfants abandonnés, vieillards infirmes, ouvriers sans travail, qui sont traqués le jour et la nuit, et qu'on traite en ennemis d'une société dont ils sont pourtant les fils, fils hélas! bien déshérités : car elle leur fait un crime de leur désœuvrement forcé et de leur abandon.

« Si le droit au travail n'était pas une chimère, une impossibilité, une folie, la loi pourrait sans injustice faire un délit de la mendicité et de l'oisiveté vagabonde. Mais dire à l'infortuné qui cherche de l'ouvrage, qui le demande à genoux et qui n'en trouve pas : « Tra- « vaille, ou je t'emprisonne, » c'est le comble de l'inconséquence et de la dureté.

« De même, si l'on avait un asile de nuit à offrir à tout malheureux qui ne sait où reposer sa tête, on pourrait lui dire : « Voici l'heure « du couvre-feu, des rôdeurs nocturnes, des assassins; rentre chez « toi, ou dans le refuge que je t'ai préparé; sinon je t'enferme. » — Mais dire au pauvre sans ressources, sans foyer, sans abri privé ou public : « Si, la nuit venue, tu t'assois ou te couches sur un banc, « sur une borne, sur la terre ou le pavé, je te prends au collet et « je t'amène au dépôt, au milieu de toutes les crapules de la rue, » c'est une dérision barbare.

« Ceux qui ne voient pas de près ces misérables qu'on devrait appe- ler plutôt les *miséreux*; qui ne touchent pas du doigt leurs souffrances et leurs hontes ; qui ne les ont pas entendus gémir, qui n'ont pas vu couler leurs larmes de désespoir, ceux-là ne peuvent se rendre compte des conséquences de ces mesures extrêmes pour les pauvres honnêtes, et ils sont nombreux, qu'elles atteignent comme les malfaiteurs.

« J'en ai connu un, jeune encore, qui n'avait jamais eu maille à partir avec la police ni avec la justice. Il se serait laissé mourir de faim plutôt que de voler un pain de deux sous, grave délit devant la loi, péché à peine véniel devant l'Église ; et plutôt que de s'exposer à la prison, il s'était juré de tout souffrir.

« N'ayant ni feu, ni lieu, ni ouvrage, ni un sou dans sa poche, que pouvait-il faire la nuit pour n'être pas arrêté comme vagabond ? S'asseoir sur un banc ou sur le sol, aux Invalides ou aux Champs-Élysées ? Impossible ! S'arrêter, c'est devenir suspect et bon pour le dépôt. S'étendre sous les arches d'un pont, au bord de la Seine ? C'est encore pis. La chasse à l'homme, gibier dangereux dans ces parages, est un des exercices réglementaires auxquels se livrent les *sergents*, esclaves de leur consigne. Je ne les blâme pas, je raconte et je les plains.

« Heureusement, au sortir de l'hôpital, la Providence dirigea ses pas du côté d'une de ces œuvres récemment établies dans divers sanctuaires, véritables *Hôtels-Dieu* des âmes pour instruire et assister les misérables dénués de tout secours corporel ou moral. C'était dans l'église antique de Saint-Julien-le-Pauvre, ou dans la crypte de la basilique du Sacré-Cœur, à Montmartre. Il trouva là, avec le pain de *Saint-Antoine de Padoue*, nourriture de son corps, des vêtements convenables, du travail, en un mot le vivre et le couvert.

« Il y trouva, de plus, dans l'intimité des saints religieux et d'admirables laïques qui se consacrent à cette œuvre de rédemption, ses vieilles joies d'enfance catholique longtemps oubliées, les lumières de la foi, les douceurs de l'amour divin et de la charité fraternelle.

« Depuis lors, il lui semble être en Paradis, après la traversée d'un horrible Purgatoire, et il redit, à chacune de ses rencontres avec le bon religieux qui l'a sauvé : « Maintenant je me sens fort contre le « désespoir, contre la souffrance, contre toutes les tristesses de la « vie. Quoi qu'il advienne, je suis sûr de tout accepter, de tout supporter sans murmurer ; car entre le bon Dieu et vous, je ne serai « plus seul à souffrir. »

« Tout cela est fort bien, me dira-t-on. Votre histoire est triste et touchante à plaisir. Mais après ? Quelle conclusion en tirez-vous ? Avez-vous la prétention de supprimer les règlements de police et la police elle-même, d'autoriser le vagabondage nocturne et la mendicité, avec leurs suites dangereuses ?

« Nullement. La police est plus nécessaire que jamais dans un temps où l'école sans Dieu et la laïcisation universelle ont affaibli, supprimé chez beaucoup la police intérieure que chacun, sergent de ville ou simple citoyen, portait autrefois dans sa conscience et dans sa foi.

« Quant au vagabondage de nuit, c'est un danger à surveiller et plus, à supprimer, à punir même, s'il se complique de circonstances aggravantes, telle que le lieu, l'heure où il s'exerce, l'allure suspecte des rôdeurs, les indices d'une entente. Il en est de même de la mendicité qui peut devenir un délit même en plein jour, quand elle se pratique avec menaces, en commun, en des endroits déserts ou mal famés.

« Ce que je blâme, ce qui me révolte, c'est de voir l'application aveugle, brutale, d'une loi nécessaire et légitime dans son principe, à tous les cas, à tous les individus, sans distinction de temps, de lieux, de personnes.

« C'est de voir des agents de police traiter un malheureux affaissé sur un banc du boulevard Saint-Germain ou de l'avenue des Champs-Élysées, comme on traite les rôdeurs de barrières, les habitués de carrières, gens dont la démarche et le regard sentent le crime, et qui, plus avisés que les vrais malheureux, échappent aux agents, tandis que les innocents sont saisis et coffrés.

« Ce qui me révolte plus encore c'est le maintien de cette coutume barbare qui consiste à entasser sans distinction, au dépôt de la Préfecture de police, les indivus soupçonnés de vols, d'affaires de mœurs, d'attaques à main armée, pêle-mêle avec les simples vagabonds, coupables de station nocturne, foule inoffensive, dont le seul crime est d'être sans famille, sans travail et sans asile. Il serait si facile de les enfermer dans des salles différentes, suivant la nature des délits.

« Cette promiscuité est un supplice pour les moins coupables ou les innocents. Pour tous, elle est un châtiment injuste, puisqu'il devance la condamnation. Bien plus, elle est immorale au suprême degré, et constitue pour la société un danger des plus graves.

« J'ai connu un de ces malfaiteurs présumés, arrêté, jeté au dépôt, sur une accusation reconnue fausse le lendemain, pour lequel cette nuit avait été une longue agonie. Il avait entendu, dans ce vestibule de l'enfer, des rôdeurs, de vrais *escarpes*, qui ne se connaissaient pas une heure avant, se reconnaître d'un coup d'œil, concerter à demi-voix de bons coups à faire pour leur sortie du dépôt ou de la prison, attirer et séduire d'autres prévenus, purs jusque-là de toute violence, et transformer ainsi la Préfecture de police en un moyen de

propagande du vice, en un lieu d'apprentissage du vol et de l'assas-
sinat.

« Voilà les abus, les injustices et les dangers qu'une administration et une police vraiment humaines, c'est-à-dire s'inspirant des
principes de la charité chrétienne, doivent condamner.

« A Paris seulement, quelques centaines de mille francs prélevés
sur les millions de l'Assistance publique, suffiraient à l'établissement
de grands hangars fermés, chauffés, qu'on élèverait dans les terrains
vagues ou inoccupés, comme il s'en rencontre dans tous les faubourgs
de la ville. Des paillasses sur des lits de camp en formeraient tout
le mobilier, et, en prélevant quelques billets de mille francs en plus
sur les fonds gaspillés en laïcisations malfaisantes, la municipalité
pourrait ajouter à ce bienfait de l'hospitalité pour les pauvres gens
sans asile, une soupe du soir et du matin, le vivre à côté du couvert.

« Certes, ces mesures ne suffiraient pas à détruire la misère, mais
elles supprimeraient en partie les horreurs et les dangers du vagabondage nocturne, elles apporteraient chaque jour quelques heures
de soulagement au peuple immense des misérables. »

Paris. — Imp. DEVALOIS, avenue du Maine, 144.

9 782329 566115